中华先锋人物
故事汇

龚全珍
大山孩子的爱心奶奶

GONG QUANZHEN
DASHAN HAIZI DE AIXIN NAINAI

毛芦芦 著

党建读物出版社　

绿色印刷　保护环境　爱护健康

亲爱的读者朋友：

　　本书已入选"北京市绿色印刷工程——优秀出版物绿色印刷示范项目"。它采用绿色印刷标准印制，在封底印有"绿色印刷产品"标志。

　　按照国家环境标准（HJ2503-2011）《环境标志产品技术要求　印刷　第一部分：平版印刷》，本书选用环保型纸张、油墨、胶水等原辅材料，生产过程注重节能减排，印刷产品符合人体健康要求。

　　选择绿色印刷图书，畅享环保健康阅读！

北京市绿色印刷工程

图书在版编目（CIP）数据

龚全珍：大山孩子的爱心奶奶 / 毛芦芦著． —— 南宁：接力出版社；北京：党建读物出版社，2020.4

（中华人物故事汇．中华先锋人物故事汇）

ISBN 978-7-5448-6426-8

Ⅰ.①龚…　Ⅱ.①毛…　Ⅲ.①传记小说－中国－当代　Ⅳ.①I247.5

中国版本图书馆CIP数据核字(2020)第003038号

龚全珍 —— 大山孩子的爱心奶奶

毛芦芦　著

责任编辑：刘海湘　唐　玲　陈三霞
责任校对：阮　萍　高　雅　刘会乔
装帧设计：严　冬　许继云　　美术编辑：高春雷
出版发行：党建读物出版社　接力出版社
地　　址：北京市西城区西长安街80号东楼（邮编：100815）
　　　　　广西南宁市园湖南路9号（邮编：530022）
网　　址：http://www.djcb71.com　　http://www.jielibj.com
电　　话：010-65547970/7621
经　　销：新华书店
印　　刷：河北鹏润印刷有限公司
2020年4月第1版　　2022年6月第7次印刷
787毫米×1092毫米　32开本　　5.25印张　　75千字
印数：65 001—75 000册　　定价：20.00元

本社版图书如有印装错误，我社负责调换（电话：010-65547970/7621）

目录

写给小读者的话 ………… 1

童年的小石子 ………… 1

十八岁的求学路 ………… 11

小小先生娃 ………… 21

穿军装的慈母师 ………… 33

嫁给革命理想的新娘 …… 43

小山村里的"外国人" …… 55

重拾教鞭 ………… 63

学生的妈妈 ………… 71

用被面给孩子做花衣裳 …… 79

深山孩子的天使·········87

农村娃的知心人·········91

最后的温馨陪伴·········97

四处"讨米"的将军夫人···103

幸福院里的学习小组·······109

特殊的工作室·········119

珍藏一生的作家梦········125

感动中国的世纪老人·······133

在遗体捐献书上签字·······139

美好家风代代传········145

老阿姨的眼睛··········151

写给小读者的话

这本书的主人公,是一位很平凡的九十七岁的老奶奶,也是一位人间天使。

靠近她,你会觉得,是靠近了一位慈母、一位恩师,靠近了一怀善和暖!

靠近她,你会觉得,是靠近了一座高山、一片大海,靠近了一方爱的星空!

靠近她,你会觉得,是靠近了一个神话、一段传奇,靠近了一团光和热!

她,就是将军农民甘祖昌的夫人龚全珍。她是全国道德模范,是感动中国年度人物,更是一位不折不扣的好老师。

少年时,为了求学理想,她徒步辗转大半个中国，终于顺利完成高中学业，考上了西北大学。

青年时，为了革命理想，她不顾年龄相差悬殊，嫁给了一身病痛的老红军甘祖昌，并毅然带着子女跟他回到江西老家，当了山村教师。

暮年时，为了继续发挥光和热，她又住进幸福院，创办了幸福学习小组、龚全珍工作室、龚全珍志愿者协会和龚全珍爱心救助基金会，帮助了无数人。

她的爱心，永远不老；她的善良，将永远照耀人间，给今天的少年和儿童以成长的力量、前行的信念和理想的光芒。

童年的小石子

二十世纪二十年代末的烟台，傍晚时分，金色的阳光洒在大海上，波光粼粼，美丽极了。大海上，一艘艘航船正缓缓驶向港口。

海浪冲刷着米色的沙滩。大海边，一群衣服破旧的孩子，正踩着浪花，在海岸边拾贝壳，嬉戏。

贫穷的生活并没有减少孩子们玩耍的乐趣。童心正在大海边闪烁着纯洁的光芒。

这群孩子中，有个六七岁的女孩，背着弟弟，在海边追逐着浪花。

浪花不断冲上她赤裸的脚板，她开心得咯咯笑，她背上的弟弟，也开心得咯咯笑。

这时，有小伙伴冲她招手："龚全珍，龚全珍，你快来！咱们来玩抓石子游戏吧！"

"抓石子游戏？好啊！我最喜欢玩抓石子游戏啦！"这个叫龚全珍的女孩一边回应着，一边背着弟弟上了岸，把弟弟放在一旁的沙地上，开始和小伙伴玩起抓石子游戏来。

只见龚全珍左手里握着一颗石子，向上一抛，左手又迅速抓起地上的一把石子，再往上一仰，接住了刚才抛出去的那颗石子。空中的石子和手中的石子，在她手心里碰出一连串叮当的响声。她和小伙伴都开心地笑了。

"龚全珍，没想到你用左手抓石子抓得这么好！"小伙伴感叹。

"大姐说我是左撇子呢！要是她在，看见我用左手抓石子，准又得骂我！"

"用左手和用右手一样，只要抓石子厉害就好啦！咱们继续吧！"小伙伴笑着跟龚全珍说道。

"好，咱们再来！"龚全珍说着，又把手里的石子抛了出去。可这时，旁边的弟弟突然哭了起来，哭声尖锐又高亢、愤懑又委屈。

"啊，弟弟，怎么啦？"龚全珍忙将石子一撒，一骨碌扑到弟弟面前，飞快抱起他，轻轻拍着他的背说，"弟弟不哭、不哭，姐姐不玩啦，姐姐抱你哟！"

可弟弟还是拼命地哭，一边哭，一边还指着自己的屁股。

龚全珍褪下弟弟的裤子一看，哎呀，那小屁股上不知被什么虫子咬了，红通通一片，上面起了一个个小红疙瘩，像极了猴子屁股。

"对不起，弟弟，都怪姐姐没有看好你！弟弟，好乖乖，不哭，不哭……"龚全珍竭力哄着弟弟，可弟弟还是哭，她只好从贴身小衣服里掏出好不容易攒下的零钱，对弟弟说："乖弟弟，求求你别哭啦，姐姐带你去买糖吃！"

一听说有糖吃，弟弟的哭声立刻弱了下去……

最后，弟弟嘴里含着小糖块，笑眯眯地跟小姐姐回家了。

这位小姐姐龚全珍的家就在山东省烟台市大

马路平安里21号。他们家门前有一条两米宽、三十多米长的小巷,向北走十多米,就是著名的张裕酿酒公司。那公司门前的大马路,直通到海边。所以,在龚全珍的童年记忆里,空气中总飘着一种馥郁馨香的酒味呢!

可是,龚全珍家是买不起他们隔壁公司的酒的。龚全珍的爸爸虽然是电报局的报务员,一个月工资不算少,可他们家孩子太多了。龚妈妈生了十三个孩子,两个夭折了,一共带大了十一个孩子。龚全珍是家里的老六,她下面的老七、老八、老九、老十,有一段时间,全都归龚全珍带。在童年时光里,能够和小伙伴玩一会儿抓石子的游戏,龚全珍简直太开心了。

读小学一年级时,龚全珍学习成绩差,因为她是个左撇子。只要一见她用左手拿笔,老师就批评她。晚上在家里,一看到龚全珍用左手写字,大姐还要打她:"谁叫你用这只手写字的?"龚全珍就把笔换到了右手,可右手不会写字,大姐又打她的右手:"谁叫你这只手不会写字的?"

在学校被老师说,回到家被大姐打,小全珍

一时感到茫然无措,因为害怕握笔写字,甚至都害怕去学校了。

到二年级时,情况有了转变。小全珍逐渐学会了用右手写字,喜欢阅读《小朋友》《儿童世界》,还有家里哥哥姐姐积攒的一些其他课外书,她都读得津津有味。"原来读书并不是什么难事嘛!"每当她合上一本课外书时,她都会笑着跟自己轻轻嘀咕。

就这样,龚全珍爱上了学习,很快就进入了优等生的行列。

月底的一天,龚爸爸冲龚妈妈大发雷霆。因为龚妈妈不识字,不会记账,龚爸爸核查一个月的开支账目,有五块钱龚妈妈不记得用在哪里了,龚爸爸怒气冲冲地不停追问着:"那五块钱到底用在哪儿了?到底用在哪儿了?"

龚妈妈越急越想不起来,哭着喊道:"我走,这钱我不管了,我要出去当老妈子!当老妈子一个月也不止赚五块钱!我走!我走!"龚妈妈哭着跑出家门。这时,龚爸爸又急了,冲傻愣着、哭泣着的一大帮孩子吼道:"你们还不快去追!"

很快，缠小脚的妈妈就被孩子们追回来了，可是，妈妈脸上的泪痕深深地刻在了龚全珍的心上。

"我一定要努力读书，做一个有文化的人，将来找一份工作，自己养活自己！"小小的她在心里对自己发了一个大大的誓言。

龚全珍学习越来越刻苦。到五年级时，她遇到了一位富有青春活力、和蔼可亲的女班主任——边瑞雯。边老师讲课声音悦耳动听、思路清晰，她的课总是那么引人入胜；下了课，还喜欢和孩子们一起跳绳，抓石子。龚全珍一下子就喜欢上了这位刚刚从师范学校毕业的新老师，以至于每次考试要是低于九十分，她都觉得愧对边老师。

一天晚上，龚全珍突然看见她那亲爱的边老师，竟然从张裕酿酒公司门前的大路上款款地走过来了，而且，离她家越来越近。

"糟糕，难道是我做了什么错事，边老师来我家告状？"龚全珍一边竭力回忆着自己最近的表现，一边飞快逃进家里，小心翼翼地藏在了门后面。

不一会儿,边老师果真到她家来了:"请问,这是龚全珍同学的家吗?"

"妈妈,老师来了!姐姐的老师来了!"同在小学读书的弟弟认识边老师,忙把妈妈从厨房里喊了出来。

"啊,老师来啦!请坐!请坐!"见老师来家访,龚妈妈急出了一脑门的汗。

"请问老师,是全珍在学校里犯了什么错吗?您告诉我,我一定好好教训她!"龚妈妈惴惴不安地问。

边老师听了龚妈妈的话,亲热地拉着龚妈妈的手,笑道:"您多想啦,龚全珍在学校表现很出色,爱干活,又团结同学,成绩也是班上的前三名,我是来表扬她的。龚妈妈,您生了一个好女儿啊!"

哇,原来是这样!听了边老师的话,龚妈妈的脸上一下子乐开了花。龚全珍也欢天喜地地从门后面走了出来,乐颠颠地去给边老师倒茶。

这是龚全珍第一次听到老师给她这么高的评

价,她开心极了。同时,也暗暗下决心:"以后一定不贪玩,要更加努力学习,做个好学生!"

德国哲学家雅斯贝尔斯说:"教育意味着一棵树摇动另一棵树,一朵云推动另一朵云,一个灵魂唤醒另一个灵魂。"龚全珍是幸运的,遇到一位唤醒她的好老师。日后,龚全珍献身教育的爱心种子,也许在那时已悄然种下。

当时,龚全珍最崇拜的人,除了边老师,还有她三哥。

一九三八年二月,日军侵占烟台。为了不当亡国奴,为了消灭日本侵略者,龚全珍十七岁的三哥参加了八路军。

"三哥,你也带我去嘛!"三哥临走前,龚全珍缠着他,要一起走。

"你这么小,部队怎么会要你?就连我自己,也是哭着求了好几次他们才收下我的。你等三年吧,三年后我再回来带你去参加八路军。"

"让你三哥先去。"连平时威严的爸爸,这时也来帮三哥说话了。这一年,他的大儿子和二儿子已跟他们的大姐夫去浙江宁波上学了。家里就数三儿子最大，可他却非常支持三儿子去参军。他说："尽忠不能尽孝，你就放心走吧，我支持你。我老了，走不动了，我儿子能替我去打鬼子，我很高兴。你要向岳飞学习，精忠报国。"

三哥出发那天，爸爸还把两块大洋塞到三哥手中说："留着困难时用。"

三哥就那么走了，这个十七岁的少年，并不高大，也不强壮，他的背影却像一束光，照亮了龚全珍的心。龚全珍做梦都想着自己快点长大，好跟三哥去参军打鬼子。

因为有边老师和三哥的激励，龚全珍学习更用功了。

五年级时，她就偷偷报考了三哥的母校——烟台市立一中。果然，她以优异的成绩考上了。

这可让父母为难了。因为龚家的规矩，本来只让女孩子读到小学毕业的，只有男孩子才可以读中学。

看到丈夫唉声叹气，龚妈妈拿出一个金戒指说："我妈给我两个金戒指，咱们大女儿出嫁时，我把其中一个给了大女儿,这个我本来要给全珍的,可是全珍说她不要金戒指,她要读书。这孩子这么爱读书,我看,就让她继续读下去吧!"

"先让她读半年再说。"龚爸爸一锤定音。

就这样,龚全珍上了中学,告别了她那爱玩抓石子游戏,也格外要强好学的童年时光。

十八岁的求学路

谁也没有想到,初中第一个学期结束的时候,一向勤奋好学的龚全珍,成绩单上赫然写着一个大大圆圆的"0"字。

"这是怎么回事?日语怎么考了0分?"爸爸严厉地问她。

"我看不惯日本人在我们的土地上为非作歹,我不想学日语!不想当日本人的走狗!"龚全珍理直气壮地回答。

"假如你下次再交白卷,他们给你加个罪名,把你抓到宪兵队去怎么办?再说了,你们不也学英语吗?难道学英语的都要当洋人?学日语也就是多一门技能,多学些知识有什么不好?"

龚全珍被爸爸说服了。

可龚爸爸却没有说服他自己，因为不肯学日语，他被电报局开除了。丢了工作后，龚爸爸心情很郁闷，不久，就突发脑出血离开了人世。

家里失去了顶梁柱，大字不识一箩筐、缠小脚的龚妈妈并没有被严酷的生活压趴下。孩子病了，她自己学着当医生给孩子治疗。龚全珍小时候右臂经常脱臼，每次去找医生治，要花两块大洋。龚妈妈就学着医生的样，自己摸索着给龚全珍接，久而久之，龚妈妈也成了一个治脱臼的土大夫。她还会帮产妇接生，夜里无论多晚，天气多冷，只要有人来喊她去帮忙，她都会立刻起身穿衣……

妈妈的勤劳、坚强和善良，妈妈的一言一行，都在影响着龚全珍。

无论在家里，还是在学校，龚全珍都成了一个很能干的女孩。可是，她心里一直深深地藏着一个愿望，那就是盼着三哥能早点回来，把她带去参加八路军。可是，一天天，一月月，一年年，三哥一直杳无音信。

日本鬼子在中国大地上作的孽越来越多：家门口的张裕酿酒公司被日本的宪兵队霸占了，每天都有同胞被抓进去，在里面受尽酷刑。本来飘满美酒香味的屋子，现在整日整夜都响彻着无辜同胞的惨叫和哭号。

龚全珍听在耳中，恨在心头。破碎的山河，触目皆是同胞的血泪。龚全珍想：我要跳出这火坑，去找三哥，为同胞报仇雪恨！这个念头，每天都在龚全珍的脑子里盘旋着。

可是，三哥却仿佛在这地球上消失了。

不知不觉，龚全珍已经初中毕业了。一九四一年，她考入烟台市立女中读高一，还当上了班长。活泼开朗、勤奋好学的龚全珍跟老师和同学相处得都非常融洽。

一天，日军又攻陷了我们的一座城市，他们要求中学生集会庆祝他们的胜利。当时，女中的校长很器重龚全珍，要龚全珍当女中的学生代表去慰问日军。龚全珍虽然很尊重校长，却以不会发言的理由拒绝了校长。

"你无须发言的，有男中的学生代表发言就可以了。庆祝会结束，你只需说一声'散会'即可。"校长告诉龚全珍。

"那好吧！"龚全珍勉强同意了。

没承想，庆祝会结束后，教育局的领导却带领全市中小学生代表走进了日本的宪兵队，去给那些双手沾满同胞鲜血的魔鬼送慰问金。

从日本宪兵队出来，龚全珍就像从鬼门关回来似的，气得整个人都在颤抖，她觉得自己忍无可忍。她想：我得退学，得逃出这人间地狱。

很快，她就以妈妈生病为借口，退学了。

当时，班主任和校长都为失去这么一个品学兼优的学生惋惜，但龚全珍一点儿也不后悔。她通过邻居兼好友赵从珍的介绍，应聘到离烟台二十五里路的一所乡下小学——孙家滩小学任教。

她一边教书，一边向同事们打听八路军的消息。

学校里有十多个同事，基本上都是青年学生。

同事们告诉她，八路军在哪里他们不知道，但暑假他们想去大后方的国立中学读书，那里专门招收沦陷区的青年学生，不仅不要学费，而且包吃包住。

"啊，大后方，那是什么地方？"龚全珍激动地问。

"就是中国人自己的地方，没被日军占领的地方。"同事们告诉她。

"那我跟你们一起去！"龚全珍当下做了决定。

"你呀，瘦瘦弱弱的，还是个女生，能吃得了一路上的苦吗？"

"当然能！"龚全珍信心满满地回答。

果然，放假后，龚全珍按照约定的时间，出现在汽车站。她只把去大后方求学的决定偷偷告诉了四弟。出门前，怕妈妈不同意，她骗妈妈说去孙家滩小学拿东西。

结果，龚全珍这一去，从此关山万里，与妈妈相隔天涯，直到十五年后，这对母女才得以相见!

"那时一心只想离开日军占领的'鬼门关',一心只想去求学,去过全新的理想生活,害妈妈牵肠挂肚了十多年,真是对不起她老人家啊!"龚全珍在老年时常跟子女这么表达她对妈妈的歉疚之情。

话说当年,龚全珍用教书三个月的积蓄,和孙家滩小学的几个同事大哥一起到了济南,又坐火车直达安徽宿县,经过日本人的一番盘查后,来到了既没有日本军队又没有中国军队的"两不管地区",请老乡用推土车推着行李,跟着老乡一路小跑,来到了安徽阜阳。

阜阳有著名的国立二十二中,这是由国民党李仙洲将军创办的专收山东沦陷区流亡学生的学校。

龚全珍在这里学习,感到一切都是那么新奇,因为这是一所仿军事化管理的中学。学生都穿二等兵的军服。军服很粗糙,很容易磨破。学校的伙食也异常简单,只有蔬菜,仅放了点盐,没有一滴油，但龚全珍还是很快适应了新生活。龚全珍每天跟着同学们一起兴致勃勃地参加军训，唱抗日歌曲，还参加了话剧团，演男角。因为她从山东老家一出来，就把头发剃短了。在国立二十二中，因为丢了梳子，怕头上生虱子，她请理发师为她推了个小平头。

由于这个小平头，龚全珍还闹过笑话呢！有一天夜里，忽然有好几位老师一起来"查寝"，因为听说有个男生混进了女生宿舍。结果，老师们发现，这个潜入女生宿舍的"男生"，原来就是龚全珍，大家不禁哄然大笑。

从此，龚全珍就得了"假小子"的绰号。

"假小子"的求学路注定不平凡。国立二十二中有好几个月没给老师们发工资，老师们罢课了。学校有两个多月没上课，龚全珍便和好朋友李葆华商量：继续去找能上学的地方。

两个十八岁的女孩，以母亲生病要回家探亲为由，离开了国立二十二中，背着行李，徒步来到了河南叶县由汤恩伯创办的苗圃中学。

但苗圃中学只有住处，没有教室，也看不到上课的老师，天天军训，三四个女教官像看管犯人一样监视着学生。龚全珍和李葆华两个人商量着一定要逃离这个根本算不上学校的地方。最后两人将目标定在了河南省淅川县国立一中，因为龚全珍初中时的史地老师王光甫在那儿任教。

可教官就是不批准她们离开，直到农历九月中旬，一个秋雨绵绵的日子，在她俩的一再恳求下，教官才批准她们离校。那时，天都黑了，教官却令她们必须连夜离开。

"走，我们走！"龚全珍一咬牙，背起简单的行囊，拉着李葆华，毅然走进了茫茫雨夜，也走进了重重危险……

她们无钱搭车，只好徒步。河南淅川县距离叶县远达八百里，一路上，到处都是灾情严重的饥荒之地。

两个十八岁的花季女孩，一路上无依无靠，怎么走？

"我们不仅不能表现出害怕，反而要大摇大摆地走，因为我们身上穿着军服呢，就利用这身军服做掩护吧！"龚全珍对李葆华说。

"对对对，我们就让别人觉得我们不是学生，而是当兵的。"李葆华很赞同龚全珍的计谋。

"对，我们就是两个男兵。"龚全珍笑着摸摸自己的小平头，又指指李葆华的短发。

就这样，她们女扮男装，扮成两个男兵，一个人背衣服，一个人背被子，以日行五十里的速度，艰难地向西挺进。有时实在累了，她们就允许自己少走一些路。

夜里，她们就睡在廉价旅店的大通铺上，尽量躲在房子的角落，不让那些男旅客看出自己是女的。

八百多里路，她们一天接一天地走，脚上走出了血泡，血泡磨破结了痂，最后，痂又变成了茧子……

她们走过荒无人烟的山岗，走过饥民倒毙的大路，走过人少空旷的小镇，也走过一所所没有多少学生的学校。

那时，活着已是不易，很多农家孩子根本就

十八岁的求学路　19

没有求学的机会。

龚全珍和李葆华却铁了心,要继续寻求一间安静的教室,一所新的学校,要完成求学之路……此刻,她们并不知道,这条漫长的追寻之路,也改变了她们以后的人生道路。

小小先生娃

十多天后,龚全珍和李葆华终于来到了淅川县,走进了淅川国立一中。龚全珍曾经的史地老师王光甫看见两个女孩猛然出现在他面前,惊叹不已,连说:"这么远的路,你们竟然走过来了,了不起,你们太了不起啦!"

而后,看着她俩磨破了的鞋子和破烂的军装,他眼里又涌上了心疼的泪花。

"走,我这就带你们去找王国光代校长,请他留下你们。"

哇,那一刻,龚全珍和李葆华简直乐坏了,想到马上就能再读书,便完全忘却了一路的艰辛,她们的内心激动万分!

可是，她们却在王校长那里碰了个大钉子。

当王国光校长见到龚全珍和李葆华，听王光甫老师介绍了她俩的情况后，露出了一脸不可思议的表情，说："哎呀，就你们俩，徒步从安徽一直走到了这里，你们的求学之志，太感人了。可惜啊，我们学校的开学时间已过，按规定学校是没有办法收下你们的。对此，我爱莫能助，深表遗憾。"

满心热望，转眼间变成了深深的绝望，龚全珍的眼睛霎时红了，李葆华眼里也噙着泪花。

"怎么办呢？王老师一个人带着两个女儿，生活已经非常拮据，要再住在他家里，那就太为难他了。我们不如再卖些衣服当盘缠，去四川找国立六中吧！"龚全珍和李葆华商量着。

这话被王老师听见了，他坚决不同意："此去四川，一路上兵荒马乱的，不要说求学，就是你们的生命安全也得不到保障啊！你们别急，先在我家住下来，让我再跟学校商量商量吧！"

就这样，龚全珍和李葆华暂时在王老师家里住下了。

王老师的家是两间很简陋的小茅屋。

当时,王老师的两个女儿小学毕业后,因为没有考上初中,正失学在家。为此,王老师愁得头发也花白了。

"王老师,您别急,这几天,我和葆华反正也是闲着没事,就由我俩给小妹妹们补补课,行吗?葆华以前读的是教会学校,她的英语顶呱呱。我呢,在小学教过书,也算有一些教学经验。"

"哇,由你们来辅导她们,那太好啦!"王光甫老师听了龚全珍的话,激动得说话声都变大了,仿佛瞬间从愁眉苦脸的中年回到了天真活泼的少年。

龚全珍和李葆华两位小先生开始给王老师的两个女儿补课了。没想到,第二天,旁听生就增加了好几个。原来,在淅川国立一中,有很多教师的孩子因为小升初考试没通过而成了失学少年。

善良细心的王光甫老师看到这一幕,脑子里灵光一闪,又颠儿颠儿地跑去找王国光校长,建议由龚全珍和李葆华来做那些失学教工子女的补习老师。

"这个主意不错，不过，我怕上级主管部门不同意啊！"王国光是淅川国立一中的代校长，考虑事情格外慎重。

虽然王校长没点头，找龚全珍和李葆华来补习的孩子却一天比一天多，王老师的小茅屋都快挤不下了。

这时，其他教师也纷纷跑去向王校长请求，希望他能把两位小先生留下，给学校教工的子女们正式开一个补习班。

到了第九天，王校长终于答应了。学校管龚全珍和李葆华吃住，让龚全珍和李葆华带两个补习班，等下学期开学，再让龚全珍和李葆华插班到高一下学期。

就这样，龚全珍和李葆华在正式进入淅川国立一中就读前，竟然先在淅川国立一中当起了教工子弟们的"小先生"。当时，学校专门为她俩组织了两个班，一个是补习班，教的是没考上初中的教工子女，共二十九个人；一个是复式班，

小小先生娃

一、二、三年级共十多个孩子。龚全珍和李葆华各带一个班。

因为龚全珍和李葆华年龄小，补习班和复式班的孩子，都喊龚全珍和李葆华为"先生娃"。先生娃不拿工资，和淅川国立一中的学生们同吃同住。龚全珍和李葆华的干劲都很足，教孩子耐心细致。三个月后，迎来了初中春季班的招生考试，结果，龚全珍所教的补习班中的二十九个学生，二十八人考上了初中，还有一人考上了简易师范学校。通过率达到百分之百，这可把学校里的老师们乐坏了。龚全珍和李葆华也顺利插入高一下学期学习。

"啊，这求学机会，多么来之不易！"当龚全珍和李葆华踏进高一年级的教室时，她们忍不住紧紧拥抱在一起，流下了悲喜交加的泪水。

当时，国难当头，学校的办学经费很紧张，学生们的生活很艰苦。早上吃的是玉米粥或红薯，中午和晚上都是一人一个大馍馍，八个人一桌，只有一碗素菜，月末才能吃上一两顿荤菜。

可是，那些玉米稀饭、煮红薯、大馍馍，还有那无油的素菜，在龚全珍嘴里，全似山珍海味般美味。

她只恨自己的英语底子差。她初中在日本占领区上课，每周只有两节英语课，数理化实验也少。她的成绩比不上正规国立中学的学生，正规国立中学虽然物质条件差了一些，可每周上四节英语课，那里的学生英语学得好些，数理化基础也更扎实。所以，龚全珍日夜都在苦读，就是为了赶超自己的同学。

那时，她和李葆华唯一的娱乐，就是晚饭后在校园里吹吹口琴，唱唱歌。

李葆华是吹口琴的高手，龚全珍唱歌很好。她们的组合，是经典的二人组；她们患难与共的友谊，感动人心。

她们这对"先生娃"，虽然做了学生，但仍有很多她们辅导过的学生来看望她们。她们班上的同学，也好羡慕她们有那么艰难曲折又丰富多彩的求学经历。

那时的龚全珍和李葆华是许多同学的偶像。

而龚全珍的偶像，则是校医韩大夫。

这位四十多岁的韩大夫，跟王光甫老师一样，都是瘦瘦的，眼睛也特别有神，不过，身材中等的韩大夫，个子要比王老师稍高。

当时，韩大夫是医疗室里的光杆司令，既没有护士，也没有多少药品。可他却很有办法，不仅用自制的硫黄药膏治好了在学生中广为传播的疥疮，而且还成功救活了一位患白喉的女生。他专为伤病员设立的"病号小灶"，每周都有肉蛋，不仅营养丰富，而且非常可口。龚全珍曾因胃病吃过两周"病号小灶"，觉得那是天下最美味的大餐。韩大夫没有助手，龚全珍就主动去医疗室当护士，给有伤病的师生们冲洗伤口、洗眼、换药，学到了很多护理知识。

在淅川国立一中的求学时光，虽然短暂，却给龚全珍这个十八岁的"先生娃"，留下了无比美好的记忆。

一九四四年，日军进攻河南，国民党军望风而逃，淅川国立一中的课堂又不再安静，学校奉命往陕西方向迁徙。龚全珍再次背上行囊，踏上了求学之路。只是这次她是和全校师生一起走。大家走得很辛苦，也很忧伤，正所谓"山河怜破碎，草木亦伤悲"。他们这次走了二十多天，才抵达目的地——陕西城固县。一路上，陪伴他们的，不仅有脚上的血泡，硬得像石头的干粮——高粱馍馍，还有各种各样的危险。很多人都把这些中学生当成了叫花子，还有几个掉队的男生被抓了壮丁，经过学校多方交涉，才被放了回来。

一路上，理着小平头的龚全珍，设法鼓励同学们积极往前走，有时还给同学们唱唱歌。道路很长，困难很多，但都抵不过学生们的求学志向。

向前，向前，向前，为给风雨飘摇、血泪飞溅的祖国保留一些文化种子，保留一些崛起的希望，他们战胜了脚痛、饥渴、困顿，战胜了重重险阻。经过二十多天的长途跋涉，终于与城固中学的师生会合了。淅川国立一中和城固中学合并成国立一中。

当时，城固县到处都是流亡学生，国立一中

的教室，既是教室，也是寝室，住满了逃难的学生。新的学校虽然找到了，但想拥有一间安静的教室，还是不易。龚全珍想方设法，找到了城固县青年图书馆，把里面的一间书报室，当成了自己读书做作业的理想场所。

龚全珍这个花季少女，从山东烟台老家出发，经过日寇的封锁线，抵达安徽阜阳的国立二十二中，又到河南叶县的苗圃中学，再到河南淅川的国立一中、陕西城固的国立一中，辗转四个省五个地方，徒步几千里。她从炮火中走来，从饥荒中走来，从重重危险中走来，走过荒无人迹的原野，走过哀鸿遍野的乡镇，触目皆是国家的伤痛、民族的血泪。她本有一千一万个理由退却，可她没有犹豫，没有放弃，在求学路上越走越远，越走越勇。

用苦难助力，以信念为翅，龚全珍朝着自己的求学报国理想一步步靠近、飞翔……

一年以来艰难的求学经历，锻炼了龚全珍极为坚强的意志和毅力，也使她从一个彷徨无助的学生成长为内心独立坚定的战士。

龚全珍的求学之路，她那一个个刻在我们苦难中国母亲身上的微小又坚忍的脚印，就是抗日战争年代，所有弦歌不辍的流亡学生求学志向的缩影与写照，可歌可泣，传奇而悲壮。

穿军装的慈母师

一九四五年八月,日寇投降,举国欢庆。陕西城固县的学生们载歌载舞,欢呼雀跃。当时,西北大学已经迁徙到城固县。学校为了庆祝抗战胜利,在迁回西安之前增设了教育系,选拔优秀学员,公费就读。龚全珍得知这个消息后,连忙去报名,参加了考试,结果以优异的成绩被录取,成了西北大学教育系二十六名学生之一。但西北大学规定,新生入学,得由两个教授做担保人。在西北大学举目无亲的龚全珍,只好去找她同学的一个亲戚——在西北大学读书的赵先生帮忙。赵先生带着龚全珍去找自己的教授,说龚全珍是他的女朋友。教授爽快地答应了做龚全珍的担保人。就这样，龚全珍终于实现了自己的大学梦。龚全珍只身一人在外求学，能得到赵先生的照顾，她内心感激。不久，两个人交往，结婚，婚后龚全珍生了两个男孩。

一九四九年五月，西安解放。中国人民解放军接管了西北大学。一天，首长贺龙来到西北大学给学生讲话，号召大家参军支援边疆建设。礼堂里欢呼声此起彼伏，龚全珍的心里也沸腾起来。一直在寻找三哥、寻找人民军队的龚全珍，第一次看到，执着追寻的理想之花就在自己眼前。她想抓住，她要参军去。可是，赵先生不同意，还动员了很多老师同学来劝阻她。

其实，和赵先生生活的这几年，龚全珍慢慢发现，两人志趣不同。从一九四二年离开家乡山东，龚全珍辗转安徽、河南、陕西，到大学毕业，已经过了七年。现在，她要慎重地选择以后的人生道路，她选择了理想。龚全珍与赵先生离了婚，参了军。

一九五〇年三月，龚全珍带着两个儿子，踏上了西行的列车，投身到祖国边疆轰轰烈烈的建设事业中去。龚全珍来到了新疆乌鲁木齐，接受组织分配，在新疆军区八一子弟学校，做了一名穿军装的教师，还当了学校的副教务主任。

当时，新疆还潜伏着一些国民党特务，这些特务不仅千方百计破坏新疆的生产建设，危害军区人民群众的生命安全，还把黑手伸进了八一子弟学校，绑架学生，制造恐慌。为了保护学生，龚全珍和其他老师就没日没夜地守在学校里，跟学生同吃同住，所以，师生间不仅有浓浓的师生情，还有深深的母子情、父子情。

有个学期，学校来了一位插班生，是个十一二岁的男孩。虽然他个子不矮，可夜里睡觉还尿床。一天早上，宿管阿姨又发现这男孩尿床了，就高声呵斥他："你丢人不丢人，都这么大了，还尿床！"

这时，龚全珍恰好从一旁经过。那男孩看见龚老师，羞得无地自容，用手捂着脸，泪水一滴一滴地从指缝间漏了出来。

"看看，这么大的人尿床，说你一句你还

哭！"宿管阿姨更恼火了。

龚全珍老师对宿管阿姨摆摆手，走过去揽住那男孩的肩说："别哭！别怕！你这是平生第一次离开家，对新的环境不习惯，尿床虽算不上什么好事，但也不是什么坏事。以后等你习惯了，一定会改过来的。你放心，以后你有什么委屈，就跟龚老师说。你就把学校当成你的家吧，大家不会嘲笑你，都会帮助你的。"

龚全珍的一席话，让那个男孩放下了思想包袱，从此，尿床的毛病也慢慢好了。

这个穿军装的龚老师，就是这样，用自己的爱心、耐心和细心，一点点赢得了学生们的真心，成了学生们又敬又爱的好老师、好妈妈。

当时，八一子弟学校设在乌鲁木齐的市郊红山嘴，有二十多位老师，二百多个学生。一个周六的傍晚，新疆军区的司令员王震，穿着旧卡其军装，笑容满面地走进了学校。老师们立刻朝他围了过去。

"这就是赫赫有名的王震首长啊？"龚全珍

很激动。当李平校长把她介绍给王震司令员的时候，她羞得脸红了。

王震亲切地问龚全珍是哪里人，得知龚全珍是山东人时，王震说，那可不近。他又笑着告诉龚全珍，你们的校长李平是我的湖南老乡。这学校里还有四位四川老师，两位上海老师，两位山东老师，还有来自河北、云南、江西的老师，大家真可谓是来自五湖四海啊！但你们可不能搞小圈子，要搞大团结。

龚全珍没想到王司令员竟然如此平易近人，不禁也笑了。

那时，王震司令员常常在周末的傍晚来八一子弟学校，因为他有三个孩子在这里读书，他爱人也在附近的俄文学校当校长，他们家就住在八一子弟学校附近。

有一次，王震司令员还跑来跟八一子弟学校的老师学跳舞呢，说他经常要接见外宾，不会跳舞，跳舞时要是踩着外宾的脚，可不是一件光彩的事。

一九五二年冬天的一天，李平校长通知龚全

珍，新疆军区后勤部部长甘祖昌来学校了，要了解后勤部官兵的孩子在学校的学习情况，请龚全珍汇报一下。

"好，保证完成任务！"龚全珍大大方方地去了，进门时向甘祖昌敬了军礼。她向甘祖昌汇报完后勤部那些学生的学习情况后，又向甘祖昌敬了个军礼，这才退出来。

晚上，李平校长问龚全珍："全珍啊，你看甘部长这个人怎么样？"

"什么怎么样？人家是首长嘛！"

"他是首长没错。我问你对他这个人的感觉怎么样？"

"啊，我没抬头看他呀！我只顾着讲那些学生的事情了！"

"全珍啊，你才二十九岁，单身一人带两个孩子不容易，你得考虑再婚啊！我看甘部长人很不错，他是个老革命，参加过长征，思想纯洁。也受过痛苦婚姻的折磨，这点你们有相似的遭遇。我受王震司令员的嘱托，为你们两个牵线搭桥，你能认真考虑下吗？"

"可他是首长！首长和我不合适，我见了他不大敢说话，受拘束！"

"他对你感觉很不错呢！说你身体健康、大方有礼貌，就是太年轻了。我对他说，你虽然年轻，却是个忠厚老实的好同志。我看啊，你们很合适，以后一定会合得来的，你再好好考虑考虑吧！"

就这样，李平校长突然在龚全珍心坎里扔了一颗炸弹，在她的心湖里，掀起了万丈波澜。

龚全珍觉得接受不易，拒绝也不易。她主要是不敢相信，这世界上，还能有人既爱她，还爱她的孩子，愿意跟她和孩子一起组建一个真正美满幸福的家庭。

当天夜里，她失眠了。

从少年时代一路走来，一直坚定自信的她，性格刚强不怕吃苦的她，就像刚读小学一年级时用左手写字受到老师和大姐的批评那样，她感到茫然无措，不知命运会如何对待她和她的孩子……

仿佛知道龚全珍心里的想法似的，过了没几

天，甘祖昌又来学校了，提出想见见龚全珍的两个孩子。

龚全珍很意外，也很欣喜，连忙把两个儿子从托儿所接了回来。老大五岁，老二两岁。甘祖昌见了孩子，很喜欢，抱起老二亲了亲，又慈爱地摸了摸老大的脑袋，对龚全珍说："孩子长得健康可爱，养得不错。孩子是国家的希望，我们有责任培养、教育他们。"

甘祖昌坦诚地向龚全珍介绍了自己过去的婚姻情况。在家乡时，和比自己大五岁的童养媳结了婚，有一个儿子。后来，他参加了红军，妻子被当地反动势力逼迫改嫁了。

甘祖昌走后，李平校长也开导龚全珍："全珍哪，甘部长可是咱们新中国的功臣。他先后参加过井冈山斗争、五次反'围剿'、长征、抗日战争和解放战争。为了党和国家的事业，他多次负伤，出生入死，一直在部队做后勤工作，是闻名全军的铁脚板和铁算盘。他这个后勤部长，不知为我党我军的建设，付出了多少心血、力气，贡献了多少计谋。最难能可贵的是，他为人实在、低调，虽然是部队的大干部，却一直不改农民艰苦朴素的生活作风，与部队的战士同甘共苦。他和前妻的儿子来新疆，想求学，可他因为儿子年龄大，觉得他做学生不合适，就安排他去建设兵团务农、开拖拉机。他这种处处为国家着想，克己奉公的精神，很值得我们学习。你会发现甘部长是一个大好人，也是一个可爱的人，只要你多跟他相处相处就知道啦……"

看到甘祖昌对她的两个孩子那么疼爱，人还那么坦诚，又听了李校长的这一番肺腑之言，龚全珍不禁对甘祖昌的看法有了微妙的变化……

嫁给革命理想的新娘

不久,放寒假了,八一子弟学校的老师们去军区后勤部家访。甘祖昌和老师们一起用餐。这次,龚全珍总算看清甘祖昌的模样了:一米七多的个子,因为瘦,显得特别高。身板笔挺,站立如松;步伐矫健,轻快如风。方脸,小眼睛,眼神锐利,不说话的时候表情严肃。虽然不年轻了,但那标准的军人姿态,还是很吸引人的。

饭后,李平校长特意把龚全珍单独留了下来。

甘祖昌笑着跟龚全珍说话:"你姓龚?"

龚全珍点点头。

"这个龚字我都写不好,我的文化水平很低,只念了一年半私塾,现在大概只有小学三年级文化程度。"甘祖昌十分坦率地说道,"我今年四十八岁了,比你大十八岁。我身体也不好,有脑震荡后遗症,还有气管炎、肺气肿,这些李校长都跟你说过了吗?"

面对如此诚实的首长,龚全珍感动又羞涩地小声说:"这些都不要紧,我会照顾你的。你的身体会慢慢康复的。"

"还有件事,得讲清楚。我有儿子、孙子、儿媳、侄子,加上你和两个孩子,我们要是结婚,是个大家庭。我们要精打细算,勤俭节约,还要存下点钱支援国家建设。"

龚全珍听完甘祖昌的这几句话,感到自尊心有些被刺痛了,但更多的,还是被甘祖昌耿直实诚的性格和心胸开阔的气度打动了……

龚全珍心想,要为这位震撼了她灵魂的老革命付出余生。

半个多月后,上级批准了甘祖昌和龚全珍的结婚申请。

甘祖昌请龚全珍定个结婚日子。那时已是

二月底。龚全珍想了一下说："那就三八妇女节吧！"

"好，那就三八妇女节。你要做套衣服吧？"甘祖昌问。

"不用。"龚全珍摇摇头说，"我天天穿军装，到那天把衣服洗一洗就行。"

"那总得给孩子做一套衣服吧？"甘祖昌又问。

"也不用，他们的衣服够穿。"龚全珍又摇摇头。

但是，过了几天，甘祖昌还是为龚全珍的两个儿子买了崭新的绿色灯芯绒布，给他们每人做了一套合身的衣服。

可是，一九五三年三月五日，三八节临近时，苏联领导人斯大林去世了。甘祖昌说，为了悼念斯大林，要推迟结婚。

随后，甘祖昌因为工作忙，突然"消失"了。龚全珍连着给他打了三个电话，接电话的战士不知对方是谁，不大热情地告诉她："甘部长不在！""甘部长外出了！""甘部长没时间！"

这让龚全珍非常伤心。半个月后,当甘祖昌找到她时,她忍不住生气地对他说:"婚不结了,我没时间!"

这下轮到甘祖昌着急了,赶紧问李平校长到底是怎么回事。

李校长来问龚全珍,龚全珍说:"首长架子太大,打三次电话都碰钉子,恐怕首长和我结婚不合适。"

甘祖昌此时正在门外,听到这里推门进来解释:"我最近确实是忙,有几个厂要确定厂址,我跑了好些地方。接电话的小鬼态度不好,惹你生气了,真不是我架子大。不信你去后勤部调查嘛!"

误会解开了,龚全珍一肚子的气全消了。

一九五三年三月二十三日,龚全珍终于和甘祖昌举行了婚礼。

八一子弟学校的同事们为龚全珍扎了一束用皱纹纸做的花,就算集体送给她的礼物了。

在婚礼上,甘祖昌说了一句颇有诗意的话:

"感谢同志们的关心，使我们幸福地结合。愿天下有情人终成眷属！"

原来，这个一九二七年就加入了中国共产党，一九二八年就离开家乡投身部队的老红军，除了打仗、工作以外，还是懂得爱情的。虽然他没有更多时间与龚全珍相互多了解，好好谈恋爱，但他相信龚全珍的人品，相信两个人共同努力，以后他们一定会迎来幸福的生活。

龚全珍感到了久违的、来自家的温暖。

她愿意用以后的人生，去照顾这位老红军、老革命。愿意用自己的全部柔情，来守护这理想的生活。

结婚后，他们各自的工作还是那么忙碌。龚全珍依然天天住校陪伴学生，只在星期六才回家一趟；而甘祖昌星期六常常还忙得不可开交，开会开到半夜。但他们已经结成了连理枝，内心总是互相牵挂着。

一个星期天，龚全珍因为感冒引起肠胃炎，上吐下泻，只在家睡了一个上午，下午就挣扎着去学校组织教师们学习。甘祖昌不放心她，第二天刚吃过早饭，就跑到妻子学校去了。

"你怎么来了？有什么事吗？"龚全珍看见甘祖昌，很惊讶地问。

"没事，昨天你不是病了吗？不知道你好了没有。今天办事路过这儿，进来看看。你好了，我就放心啦！"

说完，甘祖昌就匆匆走了，又去忙他的工作了。望着他的背影，龚全珍心里热乎乎的，她对自己说："你并没有官架子，过去我不了解你。"

就这样，龚全珍和甘祖昌婚后的感情，每天都在升温。

五月的一个周末，甘祖昌的司机老赵来接龚全珍，说："甘部长不在后勤部。"

"他到哪里去啦？"龚全珍惊讶地问。

"前几天他突然昏倒了，医生说这是脑震荡后遗症复发了。他只要工作一紧张，休息不好，就会发作。现在已经搬到牛奶厂去住了。"

"啊，他病了，你们为什么不通知我？"龚全珍生气地说。她知道，甘祖昌两年前有一次下乡检查工作，由于特务把桥梁锯断了，在过桥时，连人带车都掉进河里。甘祖昌受了重伤,医生好不容易才把他从鬼门关拽回来。从此,他落下了脑震荡的后遗症。但他们刚结婚一个多月,她是第一次遇到丈夫发病,所以非常着急,只恨自己没有在他发病的第一时间赶到他身边,陪在他身边。

"甘部长不让我们给你打电话呀!"老赵无奈地说,"甘部长说不能耽误你的教学工作。"

"好吧,咱们赶快去牛奶厂。"

可是,等他们到了离乌鲁木齐市五十公里的牛奶厂时,却见甘祖昌正在花木葱茏、鸟儿啼鸣的院子里散步。

"你不是病了吗?"龚全珍又惊又喜地跑到甘祖昌身边问。

"你放心,我的病过一阵子就好了。"甘祖昌笑着说,"组织上关心,叫我来这里休息几个月。等暑假时,你也过来住吧!"

那年的暑假,龚全珍享受到了人生中最宁静、最甜蜜的一段时光。

牛奶厂风光宜人,空气清新,绿树成荫,还特别安静。

在牛奶厂,甘祖昌每天早上会帮着厂里的工人给奶牛喂饲料、挤奶。龚全珍给甘祖昌做早饭。早饭后,他们夫妻俩就在树荫下学习《毛泽东选集》。龚全珍文化程度高,看书快,三天就把第一集读完了。甘祖昌问龚全珍有什么看法,龚全珍一时答不上来。

"你以为革命像吃饭一样容易吗?你看的《井冈山的斗争》,就是记录了我们红军成功的经验和失败的教训。"甘祖昌语重心长地说。

"哦,原来《毛泽东选集》这么深奥啊!"龚全珍听了,深受触动,立刻又把《毛泽东选集》第一集读了一遍,遇到不明白的地方,就让甘祖昌这个老红军讲讲当时的亲身经历。

就这样,读了一年半私塾的丈夫,做了大学生妻子的老师。

甘祖昌有什么不认识的字,就问龚全珍读法、意思、用法。妻子又当了丈夫的老师。

就这样,夫妻俩共同学习,共同进步。那个

嫁给革命理想的新娘

甜蜜的暑假，变得更有意义，平静的日子里闪烁着理想主义的光芒。

开学后，夫妻俩又各自忙碌了起来。

龚全珍在学校做老师，需要有块手表来掌握时间，曾托人去上海买，都没有买到合适的。甘祖昌不声不响送给她一块小巧精致的女式罗马手表。

龚全珍很激动，说："这么好的手表一定很贵，我是个粗心大意的人，万一弄丢了可赔不起呢！"

"不用赔，但你丢了，我就不再买了。"瞧，甘祖昌说话，永远都是这么率直。

自然，这块手表成了龚全珍的宝贝。后来，它一直陪伴了龚全珍三十三年。直到甘祖昌去世那年，这块表才完成它的使命，不再走动了。说起来，这简直是奇迹，仿佛连那块手表也在哀悼甘祖昌的离去。

当然，这是后话了。当时，关于手表，在龚全珍和甘祖昌之间，还有过这样一个故事。

当年，龚全珍有个好友，想买块手表，叫龚全珍请甘祖昌批个条子，用甘祖昌的警卫员的身份去买，这样，一块表能省十多块钱税。而那时的十多块钱，算是挺大一笔钱了。可是，甘祖昌一口拒绝了妻子的请求，还说，后勤部的人去买东西免税的做法是不对的，要废除这一规定。结果，龚全珍被自己的好友好好埋怨了一通。

虽然在好友面前丢了面子，但通过这件事，龚全珍更加清楚地看到了丈夫的为人。知道他是一个讲原则的老党员、好干部，内心颇为丈夫自豪。

可惜，那段时间，甘祖昌总是工作一段时间就发病，经常在后勤部、医院，以及疗养地之间来回奔走。

一九五四年冬天，他们的大女儿平荣降生了。甘祖昌因为身体原因，正在外地疗养。等他回到家，平荣已经四个月了，是一个夜里特别爱哭的小姑娘。

龚全珍担心孩子的哭闹会影响丈夫休息，因

为他的疗养效果并不好。跟过去比，显得更瘦了，一米七多的汉子，只有四十多公斤。可甘祖昌见了平荣，喜欢得不得了，说："长得不错，胖胖的，惹人疼爱！"平荣见了爸爸，也特别乖，当天夜里，她哭了一会儿就不哭了。龚全珍说："哎呀，女儿这么小，就知道心疼爸爸啦！"

说得甘祖昌眯起眼睛，开心地笑了。

尽管甘祖昌常常发病，但龚全珍和他在一起，心里很踏实，很快乐。

这位嫁给革命理想的女子，充分感受到了和志同道合的人生活在一起的甜蜜与幸福。

小山村里的"外国人"

一九五五年冬天,部队评级别,授军衔。八一子弟学校有个别老师因为对自己被评定的级别不满意,闹情绪,还声称不达要求不上课。周末回家,龚全珍和甘祖昌议论起此事,甘祖昌问她:"你对自己的级别有意见吗?"

"没有,我们学校八个大学生都是连级、副连级,我是连级,我没意见。"龚全珍回答。

"可是,我对自己的级别有意见,蛮大的意见!"甘祖昌严肃地说。

这话可把龚全珍吓了一跳:"什么意见呀?"

"评级别是根据德、才、资三个条件,后勤部的同志给我评师级,到中央批,又批了个准军级回来。我能没意见吗？我觉得，自己和一些老红军比，我评个连级就够了，所以我向中央提意见了。"

原来，别人评级别，都嫌上级部门给评低了，甘祖昌倒好，嫌中央给他评高了。

龚全珍不禁想：我评个连级，还沾沾自喜，这和那些出生入死的老同志怎么比？和自己丈夫的思想境界差了多远？

在跟甘祖昌生活的过程中，龚全珍就是这样一点一滴地受着他的影响。她的思想觉悟不知不觉也在提高。

转眼，就到了一九五七年，这时甘祖昌已经是一位将军了。他的身体状况，还是时好时坏。这年一月，龚全珍生下了二女儿仁荣。龚全珍见又是个女儿，问甘祖昌有没有失望，甘祖昌说："男孩女孩都一样，我都喜欢。"

仁荣不哭不闹，是个乖宝宝。很快，就长成了一个爱笑的胖娃娃。

六月末的一天，龚全珍对甘祖昌说："我离家都十五年了，暑假想回山东看看妈妈。"

"好啊，不过今年夏天，我们要回江西老家了，你去干部管理部，办好回江西的手续。"

哎呀，甘祖昌这话，对龚全珍来说，简直是一个晴天霹雳。结婚四年多了，甘祖昌可从来没有跟她提起过回江西农村的事。她呆呆地沉思了十多分钟，才慢慢回过神。这时，她看到了甘祖昌夹在日记本里的三份回乡申请报告，一九五五年写了一份，一九五六年、一九五七年又各写了一份，内容大致相同，说的都是他自一九五一年跌伤后，落下了脑震荡后遗症，经常发病，不能再担任领导工作了，但他的手和脚还是好的，请求组织批准，让他回乡当农民，为建设社会主义新农村贡献力量。

三年连着写了三份这样的申请，可见甘祖昌回乡当农民的决心有多大。可是，这些申请，甘祖昌都没有跟龚全珍商量过呀！

现在，他突然提出要全家南迁，龚全珍能不震惊吗？

她辗转反侧，夜不能寐，她舍不得新疆，舍

不得自己的同事和学生，更舍不得离开为之奋斗、奉献的教育战线。

她理解丈夫想要回老家务农的苦衷，因为他的脑袋曾受过三次重伤，他一次次从生死线上走了回来，留下了严重的脑震荡后遗症，医疗专家曾数次叮嘱："好好疗养，争取活过六十岁！"甘祖昌想回乡务农，确实是感到自己脑震荡经常复发，已不能胜任繁重的领导工作，希望回老家去，用健康的手和脚，为家乡的农业建设服务。

可是，龚全珍要是跟他一起回家，能做什么呢？她生长在城市，根本不会干农活，也不知道回到丈夫的老家后，还有没有学校会接收她。

她甚至想过自己单独留在新疆，但考虑再三，她还是决定跟随丈夫一起回农村。她想，当初既然选择共度余生，那么，不论天涯海角，就应该跟他同行。

就这样，龚全珍办妥了离开新疆的所有手续。一九五七年的八月中旬，她终于随甘祖昌动身了。他们一家大大小小十一口人，仅带三个箱子、三个麻袋，还有八个笼子。笼子里装着六头约克猪猪崽、十五对安哥拉长毛兔、十五只来亨鸡，这都是甘祖昌准备带回老家去发展畜牧业生产用的家禽家畜良种。他们一行人，先乘汽车到兰州，再搭火车到长沙，又搭货车到江西省莲花县，经过大半个月的长途跋涉，总算在九月初，抵达了莲花县的坊楼公社。最后，甘祖昌的三个弟弟，用独轮车将孩子们、家禽家畜和行李，运回了甘祖昌的老家——沿背村。

沿背村是个小村庄，依山傍水，以种稻为主，田地碧绿，山野青翠，空气清新，莲塘处处，荷叶田田，一派江南好风景。可是，村里祖祖辈辈的农民，却始终没有摆脱贫穷落后的面貌。

甘祖昌携妻带子，举家回乡，无疑给这个宁静秀丽又贫瘠的小山村，吹来了一股希望之风。

"甘将军回来啦！""他老婆是个大学生！""他们一家子都回来了！""听说甘将军要回来当农民呀！"在甘祖昌刚回到家的那天下午，村民们奔走相告，纷纷拥进了甘祖昌和他几个弟弟共住的房子。大家热情地围着甘祖昌，甘祖昌笑容满面，亲切地和乡亲们有说有笑。

可是，乡亲们具体在跟甘祖昌说些什么，龚全珍几乎一句也听不懂。沿背村的方言，对她来说，简直是一门她完全不懂的外语。她仿佛成了一个"外国人"。

晚上，甘祖昌的大弟媳烧了一桌菜，热情地招呼龚全珍吃菜。

龚全珍筷子伸出去，夹住的全是辣菜、辣椒，而她压根儿吃不了辣的。

虽然已是九月了，可是，到了晚上，成群的蚊子，不知从哪儿钻了出来，围着她和孩子们嗡嗡乱叫。

乡村的夜黑黢黢的，只有煤油灯微微摇曳出几星豆大的灯火。与远远近近的蛙声呼应着的，是四处肆虐的蚊子了。

面对群蚊的攻击，看到丈夫泰然处之，龚全珍问："你怎么不怕蚊子呀？蚊子为什么不叮你啊？"

甘祖昌幽默地说："蚊子只叮陌生人嘛！我是蚊子的老熟人喽！"

对于这样的新生活，龚全珍太不习惯了。

她面临着实实在在的三大关：语言关、饮食关、劳动关。

不过，她对自己有信心。只要咬紧牙关，什么难关闯不过去呢？！她担心的是丈夫的身体——这里住的是简易的砖瓦房，卫生条件很差，夜里有蚊子，白天苍蝇一团团。吃的东西，最好的是豆腐和鸡蛋。这样的生活条件，丈夫那样一个病身子，能行吗？营养能跟上吗？身体能扛得住各种细菌的侵扰吗？

可是，龚全珍越是担心甘祖昌的身体，甘祖昌越是不在乎自己。回到家的第二天，他就踢掉鞋子，打起了赤脚，而且，他还要孩子们都跟他一样，打赤脚。

"爸爸变坏了！"二儿子来跟龚全珍告状，"他不仅不准我们穿鞋，而且还给我们每人发一个粪筐，叫我们去村里捡狗屎、牛屎和猪粪！"

"为什么不给孩子穿鞋？还让他们去捡粪？"龚全珍对丈夫的做法很不解。

"农村孩子不学会赤脚走路，以后怎么下田劳动?"甘祖昌解释道,"庄稼好不好,全靠肥当家。我看村里有不少狗屎、猪粪、牛屎没人捡,太可惜了,它们可是上好的肥料啊!所以想带领孩子们为村里积些肥。孩子嘛,锻炼一阵子就习惯了!"

几个孩子的脚,先是被山野上的土坷垃、碎石子磨烂了,而后,孩子们一个个都成了奔跑如飞的"赤脚大仙"。

对此,龚全珍感慨道:"一个月前,我的孩子还是娇生惯养的城里娃,吃穿无忧,吃糖都要挑高级的。一转眼,就变成了皮实的农村娃。"

孩子们的适应力很强,但龚全珍呢?感觉自己在丈夫的老家,处处都是多余的,不会干农活,也不大习惯做家务。她的心里空落落的,多想回到熟悉的课堂上去啊!

重拾教鞭

"我想去县文教局谈谈我的工作,我还是想教书。"思虑再三,龚全珍终于对甘祖昌说出了内心的想法。

甘祖昌立刻同意了:"好嘛,你想去就去嘛!"

第二天一早,龚全珍把七个月大的二女儿托付给弟媳照看,背着铺盖卷,步行五十里路,去了莲花县文教局,找到文教局局长,跟他说明了自己的情况。

局长一听龚全珍是西北大学教育系毕业的,马上喜笑颜开道:"好哇,正好九都中学缺老师,你能去那里吗?那是个新办的农村中学,条件很艰苦。"

"我去，我去，我不怕吃苦！"龚全珍立刻爽快地表态。

很快，她就背着铺盖卷去了九都中学。

当时，九都中学只有一个班，五十多名学生，连她在内，仅有三位老师。比起新疆军区八一子弟学校的规模，相差太多了，但龚全珍依然兴致勃勃地拾起教鞭，全心全意地投入新的教学工作之中。

当时学校的劳动任务特别多，虽然学生都是农家孩子，但孩子们在干活时，难免有磕伤破皮的时候。龚全珍就为学生们准备了一个医药箱，自己出钱买药、买纱布和绷带，主动当起了学校的保健医生。早在学生时代，她从校医韩大夫那儿学来的一些医护知识，如今终于派上了用场。

一天早上，别的孩子都早早起床了，可有个学生还在蒙头大睡。龚全珍掀开他的被子一看，这个学生满脸通红，浑身发烫，原来他发高烧了。龚全珍不禁暗暗思忖：孩子需要打针退烧，可我还从来没有给别人打过针呢！怎么办？如果打了针，万一出事了怎么办？如果不打，孩子又烧得这么厉害，医院又远，又没钱去治，万一孩子烧坏了脑子可怎么办？

经过一番激烈的思想斗争，龚全珍还是决定给孩子打针："韩大夫能为学生做到的，我也要做到！"

于是，龚全珍按照常规的操作消毒后，拿起针给孩子扎了下去……

第二天，孩子烧退了，龚全珍成功了。她满心喜悦地去厨房为孩子烧了特殊的"病号饭"。

就这样，龚全珍在教学之余，还成了学生们的保健医生。她自己为孩子们准备的医药箱，一直陪伴她度过了二十多个春秋。

一九五八年一月的一天，寒风怒吼，滴水成冰，但九都中学的几个老师，依然带着学生上山采挖铁矿石去了。其中有位女教师，还颤巍巍挺着一个大肚子。她马上就要生了。不过，作为班主任，她觉得有责任坚持和学生们一起劳动。

这位孕妇就是龚全珍。

龚全珍不仅带孩子们上了山，而且还手持锄

头干起活来。

挖了没一会儿,她便感到腹中袭来一阵阵绞痛。

"哎呀,不好,孩子着急,想要提前来人间了!"有过生产经验的龚全珍,马上意识到孩子即将出生。可这是在山上,前不着村后不着店的,怎么办呢?

龚全珍镇定下来,她叫来班长,嘱咐他要好好管理班级,带领同学们继续参加劳动。又叫来班中年龄最大的女同学陈金兰,请陈金兰搀扶她下山去医院。

可是,天冷,风大,路远。腹痛一点点在加剧,龚全珍越走越无力。以至于大冷的天,她都痛出了满额头的汗。但她还是拽着路旁那些坚韧、绵软的油茶树枝条,默默咬着牙,慢慢往前走。

"龚老师,坚持住啊,马上就到山下了!"陈金兰心里很害怕,但也很坚强。她见龚老师身子摇摇晃晃地不断往下坠去,便伸出双手,将龚老师半搂半抱着,使出全身力气,一步步挪动着,将龚老师送下了山。

山下田地里，有几个乡亲正在锄地。陈金兰一见，便冲他们大喊起来："来人啊，救命啊！"

乡亲们见状，忙找来一张竹躺椅，将龚全珍抬起来，送到了公社卫生院。没过多久，龚全珍便顺利生下了一个女婴——这便是她的三女儿甘公荣。

在生产当天，还带学生上山劳动，龚全珍这种尽心尽责的品格，一时间在九都当地传为佳话。

龚全珍对陈金兰和乡亲们的帮助念念不忘。多年以后，陈金兰已经长成大姑娘了，她出嫁的那天，家里来了一位不请自来的客人——龚全珍老师。原来，龚老师是来给她送贺礼的，她送给陈金兰一条漂亮的蓝色卡其女裤。

龚全珍对陈金兰说："祝贺你就要当新娘了，这么多年，我一直没有忘记当年你将我们母女送下山的情景。这条裤子，就当是我的谢礼吧！愿你新婚快乐，永远幸福！"

面对突然出现的龚老师，面对龚老师送给她

的这份珍贵的礼物，陈金兰感动得热泪盈眶。她万万没想到，中学时为龚老师做的那件小事，竟然让龚老师记了这么多年。

龚全珍实在是天底下少有的好老师啊！

"龚老师不仅是我们的老师，还是我们的慈母！"学生朱颂岭，每次想起龚老师，都会跟人这么念叨。因为当年他在九都中学读书时，有一回生了重病，是龚全珍将他送进了医院，而且还在病床前为他端水喂药、擦身喂饭。别的病友见此情景，都说："你妈妈真疼你！"朱颂岭便骄傲地回答："是的，她是我的老师妈妈！"

朱颂岭不知道，这个跟妈妈一样慈爱的龚老师，为了能住校专心教学，不仅天天和学生们待在一起，还在第四个女儿吉荣出生三个月后，便将她送给了三叔抚养。

学校的同事都说："龚老师上课、备课、改作业时，常常任孩子在床上哭。做她的孩子，还不如做她的学生受她疼爱呢！"

是的，那时龚全珍是个工作狂。九都中学其

实离沿背村只有几公里路，但她依然坚持住校，只有星期六下午，才回家去看看丈夫和孩子；只有星期六下午，才为自己的孩子缝缝补补。

对龚全珍的儿女来说，她是名副其实的"星期六妈妈"，因为星期天一早，她又从家里消失了，去学生家家访，或去学校备课、学习。

跟着甘祖昌从新疆回到江西老家，隔了千万里路，语言不通，生活习惯也不同，可是，重拾教鞭的她，对学生的热爱，还跟在新疆军区的八一子弟学校一样火热。

龚全珍就是这样一位一心一意为学生的好老师！

学生的妈妈

在九都中学任教三年后,组织上将龚全珍调到了南陂小学当校长,龚全珍仍然兼教语文。

南陂小学是一所坐落在大山里的小学校。当时校舍很小,操场高低不平,校后的小山上,在夜里还常常飘动着磷火。学校离沿背村只有两三里路,龚全珍只要愿意,一抬脚就到家了。这回,孩子们以为可以常常见到妈妈了,可妈妈却仍然选择了住校,妈妈还是那个"星期六妈妈"。

当时,龚全珍的儿子新荣就在南陂小学读书。

有一天,龚全珍正在新荣班里上课。因为妈妈是老师,新荣很放松,不禁低头看起了连环画。

儿子的小动作被龚全珍发现了,她严厉地冲他大声说:"甘新荣!"

"妈妈,什么事?"新荣听妈妈叫他,抬起头,很自然地喊了一声妈妈。

"这里是课堂,只有老师,没有妈妈!"龚全珍教育儿子。

从此,甘家的孩子,在学校里,无论谁,见了龚全珍,都一律喊她为老师,再也不敢喊她妈妈、婶婶或奶奶了。

一九六五年的一个周末,龚全珍从学校回家了。

"作业做好了没有?"见了孩子们,她一开口,总是问这句话。

然后,她就开始挨个儿检查孩子们的作业完成情况。

平荣和仁荣就忍不住悄悄问爸爸:"爸爸,为什么妈妈一点儿也不像我们的妈妈呀?你看,我们说方言,她说普通话。她天天住在学校里,一回家,还像一个老师一样检查我们的作业。"

"因为你们的妈妈是学生的妈妈呀！就像爸爸是农业社的爸爸一样！"甘祖昌笑着回答女儿们。

"唉，原来妈妈是学生的妈妈呀，难怪呢！"八岁多的仁荣，忍不住轻轻叹了口气。

龚全珍检查完孩子们的作业，又拿起针线，低头缝补起一家大小的破衣裤来。

其实，当时甘祖昌每月工资有三百三十元，她自己的工资也有八十元。不要说甘祖昌，就是她自己的工资，也比莲花县县长高出了三十元。照理，孩子们要穿什么样的好衣服没有呀！可是，甘祖昌却轻易不肯拿出钱来给孩子们添新衣新裤。只有过年时，全家大小才能做一套新衣服。甘祖昌不仅舍不得花自己的工资，而且还把龚全珍的工资攥得牢牢的。龚全珍每月八十元的工资，除寄给远在山东的老母亲十元和交学校十元伙食费外，几乎一分不剩地交给了丈夫甘祖昌。结果，她要为家人买点菜或其他东西，还得到甘祖昌那里去"申请"，而甘祖昌只允许她每天最多花一元钱。

学生的妈妈

这样看，甘祖昌真像一个十足的"守财奴"。

此时，他的身份虽然是将军，可他的打扮举止已经完全成了沿背村一个地地道道的老农民，打赤脚，穿粗布衣服，腰上系一条白细布汗巾，跟全家人一起吃粗茶淡饭。虽然平时烟不离口，可他早将部队里用的小烟斗换成了一根竹烟杆，所吸的烟丝也是自己种的。那么，甘祖昌守着那么多钱，到底要干什么用呢？难道他真的是像欧也妮·葛朗台那样的守财奴吗？

不是的。因为甘祖昌把自己的积蓄都用在了家乡的建设上。他把钱用在了带领大家改造荒山——虎形山上，买优质果树苗了；用在改造家乡的水田上了；用在帮家乡建水库、架桥、修公路上了；用在帮村民们修葺房屋、治病和其他公共事情上了。

甘祖昌带领全家人过着勤俭节约的日子，却把自己和妻子的工资绝大部分都捐给了村集体。他从部队回乡，在农村生活了二十九年，共带领乡亲们修建了三座水库、二十五公里长的渠道、四座水电站、三条公路、十二座桥梁。从

学生的妈妈

一九五七年到一九七四年，甘祖昌工资收入加上家庭存款共计十万零两千四百五十二元，其中用于支援国家建设的有七万九千零三十二元，占总收入的百分之七十七多，为促进家乡的经济发展做出了巨大的贡献。

其实，这些投进建桥修路、建造水库和水电站的钱中，有不少是龚全珍的工资。

对此，龚全珍毫无怨言，仿佛那些钱本来就是属于老百姓的。

他们这个高工资家庭，一直在农村过着十分简朴的生活。

孩子们的衣裤破了，小洞都由甘祖昌给孩子们补。甘祖昌还教女儿们如何补衣裳。那些大洞，甘祖昌没有龚全珍补得好，所以，总是等龚全珍星期六晚上回家补。

就这样，龚全珍这个"学生的妈妈"，星期六好不容易回到家，和孩子们相处的时间仍然是那么少。孩子们也习惯妈妈平时的"缺席"了。

据龚全珍的三女儿甘公荣回忆，小时候，妈妈总是住在学校里，很多生活小事都是爸爸教他们的。像怎么从热水瓶里倒开水，就是爸爸教的。别看爸爸是个老军人，平时很严肃，但他心细，对孩子们都特别有耐心。

渐渐地，龚全珍这个说普通话的妈妈、这个"星期六妈妈"，仿佛真的变成了学生的妈妈，而不是他们兄妹几人的妈妈了。

不过，这个跟孩子们不是特别亲近的妈妈，对爸爸却总是言听计从。不仅在生产建设的大事上听甘祖昌的，而且在生活小事上也总是维护甘祖昌做出的决定。

甘祖昌有条旧毛裤，是张学良将军的弟弟张学思一九三八年在延安学习时送给他的。甘祖昌穿着它，在南泥湾开过荒，参加过解放战争，又穿着它到新疆，后来又穿回江西。其实，他在新疆当后勤部长时，这条毛裤就被穿烂了。龚全珍想为丈夫织条新毛裤，反正新疆也盛产羊毛嘛。可是，甘祖昌不肯，非让她给补补，再补补。结果，十多年补下来，龚全珍练成了补破衣裤的好手艺。

在沿背村，有一回，龚全珍将那条补得五颜

六色、屁股处叠了十几层补丁的旧毛裤洗了。毛裤晾在外面，被乡亲们见到了。大家都哈哈大笑，说："难怪甘将军遇事总能逢凶化吉，原来穿着'八卦裤'呢！"

这条破烂的毛裤，甘祖昌穿了几十年，龚全珍给他补了几十年。直到甘祖昌临终，他还嘱咐龚全珍那条毛裤不能丢，因为它有特别的纪念意义，可以给子孙留个纪念。龚全珍按照甘祖昌的吩咐，把那条毛裤好好保存了下来。

龚全珍就是这样，事事尊重和支持丈夫甘祖昌的决定，把丈夫的理想当成自己的理想，时刻以一个优秀共产党员的标准严格要求自己，把光和热无怨无悔地献给了学生，献给了江西莲花县这片热土。

用被面给孩子做花衣裳

在沿背村，乡亲们常用这样的话来吓唬自己的孩子："别哭！你再哭，就把你送到甘将军家去！"哭闹的孩子听了，往往马上就不哭了。

为什么送去甘祖昌家，竟对那些小孩有如此大的震慑作用呢？因为甘祖昌家的孩子都有劳动任务。孩子五岁时，就要开始扫地、洗碗、拔猪草。这时因为孩子小，甘祖昌还没有给他们分配硬性的任务。到七岁以上，孩子们劳动就得定量了：挑水分三种水桶，拔猪草要称斤两。劳动成绩优秀的奖励学习用品，干得不好的没有饭吃。等孩子们到了十岁，每个人的衣服得自己洗。等孩子们上了初中，甘祖昌和龚全珍给每个孩子一个针线包，要孩子们自己补衣服。

看来，做甘祖昌和龚全珍的孩子，确实不容易呢！

那年月，每家每户都养猪，过年了，几乎家家户户都会杀年猪。杀年猪这一天，一年到头辛辛苦苦拔猪草的孩子，可以尽情地吃一顿猪肉。可是，这个待遇，甘祖昌家的孩子是没有的。虽然一年到头，孩子们也辛辛苦苦地拔猪草，但是，他们过年时却不能尽情吃猪肉，因为甘祖昌和龚全珍把自家养的猪，全平价卖给了国家。

这对孩子们来说，简直太委屈了。

这些还不算。甘祖昌家的孩子极少有新衣服穿。每当年关临近，甘祖昌就会去买一大匹白细布回家，然后买上一包黑染料或蓝染料，将那匹布统一染成黑色或蓝色的，给家人每人做一套衣裤。于是，全家人不是穿着蓝衣裤过年，就是穿着黑衣裤过年。有一年，龚全珍给家人买了一包草绿色的染衣料，大家都特别开心，因为穿了好几年的蓝黑衣裤，总算有了点变化。

那时，他们家的女孩子几乎从没穿过花衣服。

转眼间，那个差点被妈妈生在山上的三女儿甘公荣就五岁了。

五岁的公荣有了爱美的意识。她见别的女孩都穿得花花绿绿的，好羡慕。这一天，她哭着向爸爸妈妈摊牌了："我要穿花衣服！我要穿花衣服！我要穿花衣服！"

小公荣把两个姐姐不敢说的话，勇敢地哭了出来。

"公荣，你身上的衣服不是很合身吗？只是打了几块小补丁，还是很漂亮的呀！"龚全珍安慰三女儿。

"这是男孩子的衣服，不是女孩子的衣服！我要花衣服！我要花衣服！我要……"公荣哭得那么伤心，泪水哗哗流，惹得龚全珍也要流泪了。

"老甘，你看怎么办？"她问丈夫。

"那就给她扯一件花衣服。"甘祖昌也不由得对三女儿心生怜惜。

"可我们的布票都送人送光了。"龚全珍无奈地说。

"那……"甘祖昌沉思了一会儿，说，"老龚

用被面给孩子做花衣裳

啊,我们结婚时不是有一块红色的花被面吗?我看,你就用花被面给公荣做件花衣裳吧!"

很快,由红色花被面裁剪而成的新衣服做成了。

甘公荣穿在身上,花团锦簇的,好开心啊!两个姐姐眼里也露出了羡慕不已的目光。龚全珍和甘祖昌看着自己的女儿,也是一脸喜色。小公荣眼睛大大的,瓜子脸,长得挺俊,现在被花衣服一衬,真好看!

她冲出屋子,迫不及待地向别的小朋友去展示她的花衣服。

"呀,这是什么花衣服,你这不是把被子披在了身上吗?"没想到,很多小朋友都笑她。

还有很多大人也在笑:"公荣啊,你这是在晒被子吗?"

结果,刚穿上新衣服的公荣又哭了……

"那时,我很羡慕我的妹妹吉荣,因为她在三叔家很受宠,不用干活,也有花衣服穿。我也羡慕普通农家的孩子,因为他们的爸爸不会那么忙,妈妈会天天守在家里,给自己的孩子烧饭、洗衣。那时，我多希望自己不是甘祖昌和龚全珍的女儿啊！"人到中年的甘公荣，在回忆往事时，曾这么感叹。

但是，她怎么能改变自己的出身呢？

因为她是回乡当农民的将军甘祖昌的女儿，因为她是一心为公的龚校长的女儿，所以，她注定要比一般的孩子承受更多的考验。其实，何止她，她的哥哥姐姐，跟她一样，承受的磨砺比寻常百姓家的孩子要多得多。

一九六二年，公荣他们家和几个叔叔分家时，公荣才四岁，当时妈妈住校，爸爸一心扑在水库工地上。家里没人当家，年仅十三岁的二哥新荣，就承担起做家务的重担，烧饭、喂猪、担水。他烧的菜不仅特别好吃，而且喂猪也很有技巧，把三头老实的猪放在一起喂，把两头强横一点儿的猪放在另一处喂。八岁的小平荣，是二哥的得力助手，像两个妹妹的小保姆。总之，小小年纪的他们，一起把家事打理得井井有条，这让爸爸妈妈特别放心。

一九六六年，十二岁的平荣，带着妹妹拔猪

草，做家务，割草做肥料，给生产队放牛，一年下来，居然挣了一千多工分，够买十担谷。几个女孩，居然就能养活自己了。

一九七二年，平荣在吉安卫校读书时，想参军，爸爸不仅不帮忙说情，还说她的眼睛近视，去部队不合适。结果，她体检合格，仅右眼视力不理想，最后，平荣还是去当兵了。

一九七四年，仁荣在生产队当妇女主任，因为劳动积极，肯吃苦，被大队推荐上大学。可是爸爸却硬是将二女儿的名字，换成了一个退伍士兵的名字。仁荣找妈妈哭诉，龚全珍反而帮着爸爸劝仁荣："那个退伍士兵没有母亲，家里苦，你爸爸让他去，是对的。"

再说公荣，她初中毕业时，学校要推荐她上高中，爸爸也说，把机会让给别人。她十八岁时想参军，父母让她自己去体检，因为她是扁平足，最后没过关。她回家找龚全珍看脚，以为自己扁平足是遗传自妈妈，没想到，竟是遗传自有"铁脚板"之称的爸爸……

不过，求学工作屡次受阻的几个孩子，最后，都凭自己的能力，在各自的工作岗位上干出了出色的业绩，这也正得益于从小到大父母对他们的严格要求。

深山孩子的天使

南陂小学虽然小,但依山而建,地势开阔,景色宜人,是龚全珍倾注了十五年心血的一所学校。

作为校长,除了抓好学校的教学工作,把每个孩子都看成自己的亲生儿女之外,龚全珍也是所有教师的好大姐、贴心人。

无论谁家里有困难,她都会在第一时间帮忙,送钱,送粮票、饼干票,更送去真诚的鼓励、安慰、关心。

她曾把自己涨工资的机会主动让给了家境贫困的刘永林老师。其实,在这之前,她已经好几次推掉涨工资的机会了。

她也曾多次帮助学校一位姓王的年轻男教师。因为这位教师在管学校钱粮时总出错，龚全珍在一次校务会上批评了他，还自己掏钱将他亏空的钱粮补上了。

不久，龚全珍被下放到一个小村庄去劳动。那个小山村，只有三四户人家，因为离学校太远，这几户人家的孩子都失学在家。龚全珍便利用早晚未出工劳动的时间，给孩子们上课，给他们带去了知识的启蒙，也为他们点燃了希望的灯火。

龚全珍在小山村一待便是三年。日出而作，日落收工，像个农妇那样，下水田割稻子、插秧，上山砍柴、烧荒，在旱地里种红薯和玉米，下溪去抓鱼、抓螺蛳，下雨天还得去犁田、锄草，大旱天，又得担水浇五谷和蔬菜。这个生长在城市的大学生，整日从事着艰苦的农业劳动。但她的内心，依然捂着知识的火种，只要一有空，她就去为那些深山里的孩子辅导功课。

那里的孩子都把龚老师当成了上天派来的天使。因为龚老师不仅教会了他们读书写字，还在生活上无微不至地关心着他们。看到他们衣衫褴褛，龚老师每次回沿背村探亲，都会把自己孩子的衣服卷上好几件，送给他们穿，还给他们带去了他们从来没有见过的饼干和糖果。龚老师还千方百计地为他们治虱子……

那时，村里的孩子们都以为龚老师的孩子一定天天都生活在蜜罐里，吃好的，穿好的。殊不知，龚老师是把孩子们最好的衣服都送给了他们，也把自己孩子很少有机会吃到的零食送给了他们。

为此，龚全珍的儿子曾愤愤不平地问过她："到底我是您的孩子，还是他们是您的孩子？"

即使在最艰难的岁月里，龚全珍也没有忘记一个教育工作者身上的重任，也没有忘记向他人传播真善美。她，真的不愧是那些深山孩子的天使！

农村娃的知心人

三年后,龚全珍终于又回到了她日思夜想的南陂小学,回到了她日思夜想的讲台。

她对学生的爱更深了。对农村孩子,也有了更多的了解。她成了农村娃的知心人。龚全珍知道农村孩子很质朴,也很真诚,还很有自尊心。她说千万不要小看农村孩子,农村孩子都特别倔强,就怕别人瞧不起他。

有一年,已经十一月底了,下着雨,天气很冷。龚全珍发现有个女孩鞋子穿烂了,光着脚,在湿滑泥泞的地上趔趔趄趄地走,一双小脚冻得像两个胡萝卜。龚全珍就给那个女孩买了一双鞋,可是,当她把鞋送给女孩时,那个女孩说什么也不肯要。

晚上，龚全珍躺在床上，想了又想，心里终于有了主意。第二天一早，她又拎着那双鞋，走到那个女孩的面前说："这双鞋，我昨天本来是给我女儿买的，可我不小心买大了，我女儿不能穿，我自己穿呢，鞋又太小了。我可不可以把这双鞋送给你穿呢？"

女孩瞪着一双疑惑的眼睛，看着龚老师，摇摇头，还是不要。龚全珍就对她说："我想请你帮帮我。我要是把这双鞋扔了，人家会骂我的，会骂老师我摆阔。这双鞋也会骂我，骂我平白无故糟蹋好东西。你就帮我一个忙，把鞋收下吧！你有困难时，我帮你，现在老师有困难，你也帮帮老师，好吗？"

"老师，您是要我帮您一个忙吗？"女孩天真地问。

"是啊，你收下这双鞋，就是帮了老师一个大忙啊！"龚全珍恳切地说。

"那好吧，老师，我帮您！"女孩爽朗地说道。

放学时，女孩穿上新鞋，蹦蹦跳跳地跑回家，兴奋地对妈妈说："妈妈，妈妈，今天我帮了龚老师一个忙哟！"

妈妈一看孩子脚上的新鞋，什么都明白了，眼眶一下子红了。她是多么感激龚老师为女儿所做的一切啊！

这位妈妈眼里隐隐含着泪花，对女儿说："孩子，你能帮助那么好的龚老师，你真的太棒啦！"

龚全珍——这位大家公认的好老师，其实，对待这些倔强、自尊心强的农村孩子，也是慢慢才摸索出与他们相处的经验的。

记得刚来南陂小学不久，龚全珍就遇到了这样一个学生，他的名字叫刘岩恩，人挺聪明，可是学习习惯不好，特别不爱做作业。别的老师都对他没辙，觉得这孩子太懒太皮，不可救药，连班主任也不想管他了。龚全珍却舍不得放弃他，主动提出为他补课。可刘岩恩却在约定的时间逃跑了。

"看看这孩子，就不是块好料，你想叫他成龙，他偏要做虫！"班主任气得直嚷。

龚全珍笑着说："他不愿在学校补课，那我就去他家里，我就不信他的心不能被我们暖回来！"

第二天，她对刘岩恩说："岩恩啊，今晚老师去你家给你补课。"

刘岩恩一听，半是感动半是羞愧，又一溜烟地跑了。

那天，龚全珍事情很多，忙着忙着，不知不觉，就到了晚上九点。哎呀，她突然想起，她与刘岩恩还有个约定，得去他家为他补课。

龚全珍不顾天黑路远，拿了个手电筒，拔腿就向刘岩恩家所在的村庄——洋桥村走去。到了洋桥村，都近十点了。满天都是闪闪烁烁的星星，夜空美极了。可是，农村人睡得早，又是冬天，村里几乎一片漆黑。刘岩恩的家在哪里呢？龚全珍想找个人打听一下都找不到。

她在洋桥村的村路上徘徊着。突然，她看见有间屋子里还亮着灯，屋里还传来了小女孩的歌

农村娃的知心人

声。她惊喜地跑过去，敲开了那户人家的屋门。原来，是南陂小学的两个女生清兰和种兰在排练元旦文艺节目呢！

两个女生热情地把龚老师带到了刘岩恩家。那时，刘岩恩已经睡着了。当他被母亲叫醒，睡眼蒙眬地看着龚老师时，他心里一热，忍不住用力地揉揉眼睛——没错，是龚老师来了！那一刻，他感动得眼泪都要掉下来了。从那以后，刘岩恩就成了一个努力、自律的好学生。逃跑、不做作业的事再也没有发生过。

"人心都是肉长的。只要我们真心对学生好，学生哪能感受不到呢？"刘岩恩的转变，使龚全珍更加坚定了自己的教育信念——用爱心感动学生，用知识培育新人，做农村孩子贴心的引路人。

最后的温馨陪伴

一九七五年,甘祖昌的老毛病——气管炎和肺气肿,已经越来越严重了。夜里常常咳得不能睡觉,白天也无力气下田和乡亲们一起劳动。

为了照顾好老伴,龚全珍忍痛提前离开了自己的工作岗位,退休回家,当起了丈夫的家庭护士。

有一次,甘祖昌夜里发病,咳得根本没法躺下,龚全珍一边给他揉胸、拍背,一边着急地说:"我去打电话叫车,送你去医院!"

"别打电话!咳咳,现在是深夜,别打扰别人!咳咳咳……"甘祖昌就像一位普通的老农那样,最怕麻烦别人。

直到天亮，他才允许妻子打电话叫来车子，把他送进了莲花县人民医院。

"甘将军的情况不乐观，最好把他送到上海的大医院去。"医生建议。

"不去，不去，我这是几十年的老毛病了，去上海干什么？"甘祖昌推辞说。经过龚全珍和子女，以及组织的劝说，甘祖昌才同意去上海治疗。

本来，组织上要求他在上海住院三个月的，结果，他只住了三十五天就出院回家了。

临行前，有个非常著名的老中医挽留他："甘老，您在这里安心住几个月，我把您的气管炎治好，好不好？"

甘祖昌说："谢谢您。我们全国只有一个上海，全国稀奇古怪的病都要来这里治。我的气管炎是慢性病，一时好不了，占着床位，那些急需治疗的人进不来，他们得多着急？我在这里睡不着觉，不如请医生多给我开些药，我带回去吃，慢慢治。"

丈夫的决定，龚全珍是理解的。她陪丈夫回

到莲花县，悉心照料着他。

丈夫爱吃面食，她就常常为他包饺子、蒸馒头、擀面条。

丈夫喜欢看看农作物的长势，她就陪着他在乡村小路上散散步。

看见稻子结穗多，甘祖昌笑了，她也笑了。看见虎形山上的果树挂着累累硕果，甘祖昌高兴，她也高兴。

她还常陪丈夫去浆山水库等地走一走。在沿背村的村道上，甘祖昌和她的身影，成了一道最美的风景。工作上一直风风火火的龚全珍，此时，为了陪伴丈夫，脚步终于缓了下来。

其实，专门在家做家务事，也不轻松。尤其回乡务农的甘祖昌是大名人，常常有记者来采访，龚全珍接待他们，也得花不少精力。

但龚全珍心里是喜悦的，尤其当丈夫坐在堂前看书看报的时候，她在旁喂喂鸡，喂喂鸭，那都是她所珍惜的甜蜜时光。

她记得，当年离开新疆时，新疆军区有关领导曾经悄悄跟她说，要好好照顾甘将军，争取让他活过六十岁。

现在，丈夫已远远超过了六十岁，她很欣慰。

虽然甘祖昌的气管炎和肺气肿日益严重，但是，他那脑震荡的后遗症，却奇迹般地痊愈了。他又可以看电影、听戏了。他开心，当然，龚全珍也开心。

这样的时光，她陪丈夫过了十一年。为了便于甘祖昌就医，他们已经把家从乡下搬到了县城。虽然时常要去医院，但龚全珍一直无怨无悔地陪伴在老伴身边。

一九八〇年一月，甘祖昌的病情有所好转，他对龚全珍说："老龚，去买二十斤肉，腌起来，我们回老家去，老家好！"

"那可不行，现在你已经离不开医生了，回到乡下，需要抢救时，我一时半会儿去哪里找医生？"这一生，龚全珍几乎事事都听甘祖昌的，可是这回，龚全珍拒绝了丈夫提出的要求。

不久，新疆军区的人来探视甘祖昌，见面时，他们握着甘祖昌的手，忍不住流泪了："甘将军，病好后去南昌定居吧！我们去跟领导商谈，在南昌帮你买房子。这里的条件实在太简陋了,您苦了几十年,也该享点清福啦!"

"我不去南昌,我不要房子!这里很好!我本来就是农民,党培养教育了我几十年,我为百姓做点事是应该的。要是我有点成绩,功劳也应该归于党和人民!"

一九八六年春节过后,甘祖昌病情恶化。弥留之际,他断断续续地叮嘱龚全珍:"领了工资……买农药化肥,送给贫困户……支援农业建设……我不要房子……不要盖房子……"

一九八六年三月二十八日十二时三十分,为革命、为百姓艰苦奋斗一生的甘祖昌将军去世,享年八十一岁,这比当初医疗专家预言的争取活过六十岁,多活了二十一年。

龚全珍于一九五三年三月二十三日与甘祖昌结婚。他们这对平凡又传奇的夫妻,整整恩爱厮守了三十三年零五天。

四处"讨米"的将军夫人

一九八六年甘祖昌去世,那年龚全珍六十三岁,她独自住在乡下老屋里,靠着回忆度日,靠着往事取暖。

她思念她的老伴甘祖昌。他走了,她感觉自己的心也被带走了。

她想起甘祖昌的一生,他从农民到将军,不容易!从将军到农民,更不容易!

她常常对着他的照片,在心里跟他呢喃:"人生得一知己足矣。我这一生得到的,比一知己还多,我遇到了你。虽然我们没有那么多共同的爱好、语言,你也不像知识分子那样浪漫,可你爱得深沉、真挚、灼热。我对你的尊敬多于爱恋,我钦佩你的人格品质，虽然有时也感觉你对儿女、亲戚有些不近人情。

"我们在一起的三十三年是美好而纯真的。这样说来，我的一生也是幸福的。虽然两袖清风，但你给予的精神财富十分充足。"

这一生，她的老伴甘祖昌有两句话，让她最是念念不忘。一句就是他在婚礼上所说的那句"愿天下有情人终成眷属"，一句就是"我能活到八十多岁，与老伴对我的关怀分不开"。她觉得，第一句话，体现了她的老红军丈夫的侠骨柔情；第二句话，则是对她这一生对他的拳拳之情的最高奖励。

思念是疼痛的，让她无力，让她消沉。这时，她又想起了老伴甘祖昌常常讲的一句话："要挑老红军的担子，不要摆老干部的架子。"她还想起刚回乡时，甘祖昌曾与她约法三章：衣食住行和普通农民一样；不图安逸，不讲排场，不图享受；时时、事事、处处严格要求自己。

这些约定，早已成为他们共同的守则。如今，老伴甘祖昌走了，但守则还在。

想到这里，她决定振作起来，从悲伤苦闷里走出来，为老百姓做些什么，继续坚持走和甘祖昌约定的路，为他人贡献余生。

龚全珍得知每年开学全县都有好几百个学生没能按时去学校报到，学生流失现象比较严重。她心里很着急，就找了几个老朋友倡议开启"希望工程"，并在全县的教育工作会议上，向全体与会人员表达了愿意为"希望工程"出力的决心。

在龚全珍的多方奔走之下，莲花县成立了"关心下一代工作委员会"（简称关工委）。为了帮助那些贫困学生重返校园，为了资助那些在校的贫困学生、穷苦孩子，爱面子怕求人的龚全珍，却陪着关工委的工作人员四处"讨米"，走访县里各个机关单位。这个单位讨一千，那个单位讨两千，简直磨破了鞋子，费尽了口舌。

龚全珍曾在日记里感叹道："今天上午，刘、孙两位主任和我一起去'讨米'。走了几个单位，多数答应千把块。我想假如我自己有十万八万，我就全包了，何必求爷爷告奶奶。"

为了让失学孩子重返课堂，龚全珍不仅四处奔走，也把自己有限的一点儿工资贴了进去，还把别人来看她给的慰问金都一笔笔地交给了关工委。有一次，她和关工委、教育局的工作人员去下坊乡的湾溪小学给孩子们讲授革命传统教育课。结果，她在课堂上发现一个衣衫褴褛、面黄肌瘦、一脸愁容的小女孩。

经过打听，她得知女孩叫郭艳兰，父亲身有残疾，还患有肝病，母亲也因病常年卧床。因为家里特别穷，郭艳兰正准备辍学回家。

龚全珍当即决定去她家看看。

当龚全珍一行人走进郭艳兰家时，眼前的景象让龚全珍无比心酸，因为那个家，真是家徒四壁。郭艳兰的父亲见来了客人，忙弓着背蹒跚着迎了出来，郭艳兰的母亲也挣扎着从床上坐起来，想招呼客人。

"不用起来，你躺着！你躺着！"龚全珍连忙从兜里拿出三百元钱，递了过去。

"这是……政府来发补助金？"郭艳兰的父亲

疑惑地问。

教育局的同志说:"这不是政府发的。这位老教师,是甘祖昌将军的夫人龚全珍,这钱是她自己给你女儿的。听说你女儿要辍学,她很心疼。"

"哎呀,甘将军生前为我们莲花人做了多少好事!龚老师也是一个大好人哪!"郭艳兰的母亲激动地说道,"谢谢老师!谢谢老师!"

"不用谢!孩子还小,应该继续读书啊!"龚全珍握着郭艳兰母亲的手,动情地说,"以后孩子读书的费用,我包了!"

就这样,龚全珍用自己的爱,给一个穷困潦倒的家庭带去了希望,将一个面临失学的孩子又拉回到课堂上。

在龚全珍的帮助下,郭艳兰顺利完成了中学学业,后来在广州工作。二〇一八年,她结婚了。她一直对龚奶奶的帮助感念在心,结婚时,还特地给龚奶奶寄来了请柬和糖果。

看着自己的付出,让一个女孩收获了人生幸福,龚全珍是多么开心啊!

龚全珍是全世界独一无二的将军农民的夫人。

她的身份很特殊，但她的爱既普通又伟大。她愿意俯下身子，去为失学的孩子"讨米"；愿意省吃俭用，愿意辛苦奔波，只为了让更多的孩子，拥有一张平静的课桌。这既是受了她丈夫甘祖昌的影响，也是她从小立下的志向。

少年时，为了求学，龚全珍曾徒步千里，历尽艰辛，才完成学业，成了一位光荣的人民教师。如今，做了大半辈子教育工作的她，更愿意为孩子们倾其所有，去圆他们的求学梦，去做他们幸福人生的推手。

幸福院里的学习小组

一九九二年四月下旬,年近七十的龚全珍住进了莲花县的敬老院——幸福院。

起初,女儿们都竭力反对龚全珍从家里搬出去。三女儿甘公荣尤其难过,因为妈妈是跟她住在一起的。

"妈妈,您这样做,别人还以为我们对您不好呢!您还是留下来吧!我们有什么让您不称心的地方,您尽管说,我们立刻改!"甘公荣再三恳求妈妈留下。

三女婿金林是个特别耐心细致的人,平时对丈母娘很照顾。丈母娘要去敬老院,他也觉得很委屈。

"你们呀，都想多了。你们都非常孝顺，我去敬老院，只是想找个清清静静的地方，写你们爸爸的回忆录。幸福院挨着烈士陵园，那里环境安静，很适合我写作。你们还是让我住过去吧！"

在龚全珍的再三解释下，女儿们总算同意了。

敬老院里有个齐大姐，得知龚全珍要入住幸福院，早早就为她收拾了房间，还为她床上铺了一张席子。龚全珍很感动，立即买了鞋子和新席子送给齐大姐。

龚全珍非常敬佩齐大姐。齐大姐是一位老红军。新中国成立前，她帮妹妹成了家。"文化大革命"中，她被遣送回家，又帮助侄子、养女成家立业。她不仅是她家的大功臣，在敬老院，更是大家的老大姐，为院里的孤寡老人们做了很多好事。

龚全珍决定向齐大姐学习，为敬老院里的老人们多做实事、好事。

她为敬老院买水桶、拖把，给敬老院扫办公室、抹桌子，为八十岁以上的老人买贺寿蛋糕。每天都要做很多善事，她才觉得"心理平衡"。

"心理平衡",这是龚全珍的日记用语。每次遇见可怜的人、不平的事,她总要伸出手去帮助解决,然后,才会觉得"心理平衡"。

在敬老院,除了为其他老人服务,龚全珍还潜心看书,努力写作。她买了英国著名女作家夏洛蒂·勃朗特的《简·爱》,读了一遍又一遍。她经常去采访齐大姐,为她写了《老区一家人》的报告文学。她还和齐大姐一起写广播稿《共产党好,民政局好》。稿子播出后,两人共得稿费一元。一元钱的稿费怎么分呢?龚全珍有办法,她去买了两支笔,她和齐大姐一人一支,留作纪念。买笔的钱,其实不止一元,超出的她就自掏腰包补上。

在幸福院,她一边抢着为老人们做好事,一边也开始构思、创作关于甘祖昌将军的回忆录《我和老伴甘祖昌》。

为了写好这个作品,她还四处采访那些跟甘祖昌一起战斗过、共事过的老红军、老革命。

龚全珍在幸福院里的生活,是无比充实的。

她在日记里写道:"时光不能白流,应把七十岁的老人当成十七岁的少女,发挥青春活力,工作、生活,做生活的强者!"

不久,这个七十岁的老人,又找到了"新事业"。

幸福院的对门是莲花县琴亭小学。

学校每次放学,总有一些孩子徘徊在校门口,等着父母来接,而父母因为上班忙,一时赶不过来,让孩子无比失望;也总有孩子,因为完不成作业,愁眉苦脸地不敢回家,让父母非常着急。

"不如让这些孩子来我这里吧!"这个念头一从龚全珍的脑子里钻出来,她便立刻付诸行动了。她特意为琴亭小学部分需要帮助的孩子成立了幸福学习小组,让孩子们每天放学后去幸福院做作业,她给大家辅导功课。

张炜和姐姐、金峰、杨涛、海清、刘建、聂众、维良、刘武等二十多个孩子,都幸运地进了龚全珍的幸福学习小组,把幸福院的办公室和龚全珍的房间都挤得满满的。龚全珍除了给孩子们辅导功课，还帮他们制订学习计划，在生活上关心他们。为了让孩子们写好作文，龚全珍就陪着孩子们写。为了激励后进生迎头赶上，龚全珍更是花尽心思。

因为她的耐心细致、真诚热忱、无私奉献，幸福学习小组越来越有名，想把孩子送进幸福学习小组的家长越来越多了。

一九九六年十一月二十三日，有位身有残疾的年轻母亲来到幸福院找到龚全珍，请求她收下她的一儿一女。龚全珍很佩服这位年轻母亲，拖着病腿，却拼命干活，拉扯着一双儿女，一心一意想把孩子培养成才。

"这位母亲值得尊敬，我一定要助她一臂之力！"在那天的日记里，龚全珍如此写道。

这位身残志坚的年轻母亲，叫尹润娇，本来在民政局办的针织厂工作，因为工厂倒闭而失去了工作，她决定带着一双儿女回乡下老家去住。此时，她的女儿彭艳峰已经对龚奶奶产生了深深的依恋之情。

听说妈妈要带她回老家，她立刻跑到幸福院

中华先锋人物故事汇　龚全珍

来向龚全珍哭诉:"龚奶奶,您帮帮我们吧,我妈妈失业了,她要带我回老家!我不要回去,我不愿意离开您!"

"啊,你妈妈失业啦?孩子你别急,让龚奶奶帮你们想想办法。"龚全珍安慰她。没过几天,龚奶奶还真的为尹润娇找到了新的出路——她自己拿出五百元钱,陪尹润娇上街买了台缝纫机,并在县城南门为她找了一个摊位,让她做些缝补工作,来维持生计,养育孩子。

尹润娇很能吃苦,缝纫技术不错,态度又好,生意一天比一天好。几年后,还获得了萍乡市"自强模范"的光荣称号。

好景不长,就在彭艳峰一家日子越过越好的时候,不幸又降临到这个多灾多难的家庭,尹润娇患上了白血病。

此时,龚全珍又向尹润娇伸出了援助之手——她为尹润娇捐了三千元治病,又联系了县电视台和萍乡日报社,找了县残疾人联合会和民政局,为尹润娇四处奔走募捐。

在龚全珍的努力下,尹润娇经过几次化疗,

身体有所恢复。可第二年春天，她的病情突然加重，最终还是不幸地离开了"亲娘"的怀抱——去世前，尹润娇早把龚全珍当成了自己的亲娘。

安葬了尹润娇，龚全珍又安慰起彭艳峰来。此时，彭艳峰已经是大学三年级的学生了。从小学到大学，她的成长没有一刻离开过龚奶奶的关心。她是从幸福学习小组里走出来的孩子，这个学习小组后来虽然因龚全珍离开幸福院而停办了，但龚全珍对彭艳峰的关爱，一刻也不曾停止过。

彭艳峰的母亲生病后，彭艳峰想辍学去打工，挣钱为母亲治病。龚全珍劝住了她。

母亲去世时，彭艳峰一度感觉天都塌了，再无生活下去的勇气和信心，又是龚全珍的爱，把她的心暖了过来。

第二年，彭艳峰大学毕业了，被分配在萍乡市实验学校当英语老师。没过几年，她就被评为萍乡市的优秀教师。

当记者去采访彭艳峰时，彭艳峰心潮澎湃地对记者说道："如果用龚奶奶的标准衡量，获得这一荣誉，我觉得自己做得还不够，还差得很远很远。但是，我想说，龚奶奶在帮助我的同时，传递给我的精神力量，是让我不断鼓起勇气、努力前行的动力。我要传递这种精神力量，传递给我的学生们，传递给社会上的每一个人，永远传递下去！"

是的，龚全珍的爱，给了我们一种正能量！相信她的爱，会在这人间长久地流传，给更多人带去心灵的富足，带去幸福的力量！

特殊的工作室

二〇一一年,龚全珍已经八十八岁高龄,她还在四处奔走,为百姓做好事,为百姓办实事。就算出门去旅游,她也心心念念地想着她所资助的孩子和老人。

她曾在去湖南韶山瞻仰毛主席故居的时候,为残障孩子亮亮买过风筝,帮助亮亮完成了他的一个心愿。她曾一次次去看望以捡废品为生的赵大姐,并千辛万苦地为她申请"低保"。她曾带头捐钱,为臭气熏天的小巷修下水管道。她更不顾八十多岁高龄,一次次去全县的各中小学,为孩子们讲革命历史故事,对孩子们进行爱国主义教育。

在忙忙碌碌中，不知不觉，龚全珍已经快九十岁了。她所在的琴亭社区，跟琴亭镇党委、县关工委研究后，成立了一个"龚全珍工作室"，以方便她工作。

只要稍有空闲，龚全珍就会来工作室。不是与党员干部沟通思想，就是为普通群众解决生活难题。

一开始，大家见了她，都尊敬地称她为"将军夫人"。

龚全珍亲切地纠正大家："叫我老龚就行。我的身份不特殊，但我有一份特殊的责任。"

她叮嘱社区里的工作人员："以后这里的群众，谁家有困难，你们可要第一时间通知我。"

工作室成立不久，龚全珍了解到社区的老党员刘青松身体不好，时常卧病在床，家里生活很拮据。龚全珍便三天两头提着慰问品，去探访刘青松。后来刘青松不幸因病去世，龚全珍又继续接济他的老伴彭素娥。

虽然有了工作室，龚全珍不必再去乡下四处

奔走，但她人在工作室，照样"两耳常闻窗外事"。凡是听见邻里相争、婆媳吵架，她都会出面去"管闲事"。久而久之，很多遇到难题的人，也会主动来找她寻求帮助。

有了工作室，龚全珍照样还是个大忙人。二〇一二年七月，她曾回了一趟西北，参加母校西北大学的一百一十年校庆，并去新疆故地重游。在游览乌鲁木齐市最大的公园——红山公园时，她要爬一百多级的台阶。当时山上的花草刚浇过水，地上湿漉漉的，陪同的后辈们想搀扶她。她说："不用，我的两条腿还行，能走。"结果，她只在登上最高顶前休息了十分钟，最后顺利登顶。

她激动地说："八十九岁啦！看来我身体还行，还能再活好几年哪！"

从新疆回来不久，萍乡市民政局给她送来一块大奖章，称她是"老共产党员、老功臣"，还奖给她一台大彩电。她觉得受之有愧，却之不恭。于是，在日记里郑重地写道："今后只有多为关心下一代奉献，多捐钱来补自己的不足了。"

很快，龚全珍就拿着五百块钱，到关工委捐钱去了。

这个年近九十的老人，女儿们为她买衣服，超过一百元一件的衣服她不肯穿；女儿们为她买水果，超过三元一斤的她不肯吃。无论去哪里做讲座、做活动，她都爱自带冷馒头当干粮。她一次又一次地把自己的工资捐出去。

二〇〇八年汶川发生地震时，她一次性为汶川捐出了两千三百元"特殊的党费"。

二〇一一年新疆阿勒泰地区发生大雪灾，她向灾区捐钱又捐物，光邮寄费就花了六百四十元。

她跟当初老伴在世时一样，自己的工资舍不得花，几乎都捐给穷人、需要帮助的人。

这不，这天二女儿仁荣为妈妈买了件真丝衬衫，希望妈妈改变一下穿二十元一件便宜衣服的老习惯。可是，妈妈却板起脸来，把她训了一顿，说无论如何她都不会穿真丝衣服的。

仁荣感到好委屈。

龚全珍的好姐妹美惠在一旁劝道:"大姐,这就是你的不是啦!仁荣花自己的钱给你买衣服,想好好孝敬你一下,你这样做会伤了孩子的心!"

"太奢侈了!别人怎么奢侈我管不着,可是,我的孩子乱花钱,我就要批评!"

"哎呀,我看你和老甘的性格一样,都是一根筋!"

"我哪比得上我家老甘,他的精神我一半还没学到呢!"

虽然甘祖昌去世已经二十多年了,但他的精神之光,在龚全珍的身上还时时刻刻闪烁着。

龚全珍说:"每个人选择的生活道路不一样。我这辈子选择的是物质生活简朴、精神生活充实的道路。我守住了清贫,抵制了诱惑。久而久之,就习惯成自然了。"

好一个习惯成自然啊!

龚全珍严以律己的大爱大善人格,就是这样,渗透在她的生活之中,就像一股甘泉,洗濯着世间的污浊,滋润着世道人心。

珍藏一生的作家梦

龚全珍退休前，是一位普通的教师；退休后，是一位令人尊敬的长者。

一九五七年，她的丈夫甘祖昌将军毅然放弃城市的优越生活，回乡当农民。她也义无反顾地跟着丈夫，来到了江西莲花县坊楼公社沿背村。

六十多年来，无论是甘祖昌生前还是死后，龚全珍都以丈夫的精神为指引，竭尽所能地造福百姓。

毛泽东主席说过，一个人做点好事并不难，难的是一辈子做好事。龚全珍就是这样一个难得一辈子做好事的人。她几十年如一日服务百姓，矢志不渝，初衷不改。退休后，她的退休工资并不高，可是，最近十几年来，她用于捐资助学、扶贫济困的资金，已经接近二十万元。

她自己粗衣粝食，勤勤恳恳、全心全意为莲花县的老百姓做了那么多的事情。渐渐地，她已经成了莲花一宝，成了莲花县、萍乡市、江西省乃至全国的一座道德高峰。可是，只有比较亲近的人才知道，这位德高望重的老奶奶，内心其实还珍藏着一个文学梦、作家梦。

一九九二年，她去幸福院居住，就是为了创作一本关于丈夫甘祖昌的回忆录。住了五年，她不仅写出了初稿，也对稿子做了很多次修改。

在幸福院，她还尝试着写齐大姐的故事——《老区一家人》，写王震司令员与甘祖昌将军的友谊——《领导和战友》。

到了二〇〇二年、二〇〇三年、二〇〇四年，她依然在坚持文学创作，写了不少散文和短篇小说，有《咱老妈顾启慧》《略施小计》《雪莲》《旋涡》《云娇》等。

难能可贵的是，这位老人，还在不断地看书、学习，不断地为提高自己的写作水平而努力。

珍藏一生的作家梦

龚全珍经常看书，看报，看杂志，看影视。她每有心得体会，都会记在日记本上。

她在一九九三年十一月十二日的日记里如此写道："今天给葆华和金祥各寄了一本《萍乡古今》，因包装走了两次邮局。最使我高兴的是买到了我想看的几本书——《罗瑞卿大将》《简·爱》和《苔丝》。后两本是世界名著，主题是赤诚纯洁的爱情，人物形象刻画得丰富逼真，情节动人。祖昌把一切奉献给人民的赤子之心，应当是永恒的精神财富。要根据他的特点写出好文章。先学那几本书，记心得笔记，再学甘祖昌，要尽全力写好他。"

她在二〇〇二年五月四日的日记里如此写道："看了小说《吹满风的山谷》，这是衣向东的作品。讲几个来自不同地区的青年战士，他们生活枯燥、单调，陪伴他们的是荒山野岭、大风孤寂。三个战士组成一个温馨的小家，他们坚守着阵地。正是有千千万万这样纯朴可敬可爱的战士，我们才有美好和平的生活。他们永远是我们心目中的英雄。"

她在二〇〇四年一月九日的日记里如此写道："《献给孩子们》是世界著名的作家为孩子写的短篇小说，水平自然最高。如《最后一课》我虽学过，再读一遍仍读得津津有味。如今看了三分之二。仁荣帮我借了五本杂志、三本短篇小说、两本小说，这两三个月有书可读了。"

她在二〇一二年一月四日的日记里如此写道："《美文部落》这本书不仅对儿童有益，对青壮年，甚至对我这种老人也同样有益。人需要有目标，我有目标，但缺乏毅力、勇气去实践自己的目标。我应该写写甘祖昌这个当农民的老红军。虽然我对他前半生陌生，但他后半生就是当农民。他可是闻名中外、世界上唯一的将军农民。历史把此任务交给我，一个有五十八年党龄的共产党员，难道我该放弃吗？我应该拿起笔写！应该完成历史交给的任务！应该有向保尔·柯察金学习的实际行动！"

她在二〇一三年四月十二日的日记里如此写道："早饭后，吉荣和我一块散步，还买了杂志，接到电话，有关工委的同志来玩，没想到是萍乡的同志来了,还送了五百元慰问金。真不好意思,明天到关工委,请他们转给贫困孩子(我再加五百元),买点学习用品。"又写道:"我要抽出时间专心为祖昌写《甘祖昌回家当农民》。我最大的毛病就是有理想却不能为理想持之以恒地努力。今后要认真改,写日记就写《甘祖昌生活中的小事》。每天写一小段,这九十一岁的脑袋,不知能否指挥手写出来。试试吧!"

这就是可敬可爱的龚全珍老师,直到九十多岁,也没有放弃她的写作梦。在日记里她说得很谦虚,说写甘祖昌的事迹不能持之以恒。其实,从一九八六年甘祖昌去世后,她一直不间断地写她和丈夫甘祖昌的故事。从目前发现的手稿看,有《我的老伴甘祖昌》《我和老伴甘祖昌》《甘祖昌纪事》,有写自己经历的《我的家》《回忆当亡国奴的岁月》等。特别是关于甘祖昌的故事,从搜集素材到整理采访笔记,再到成稿、修改,几乎贯穿了几十年的岁月。她几易其稿,虚心请他人批评指正。

在二〇一三年七月,人民出版社和江西人民

出版社为她整理出版了《龚全珍日记选》。龚全珍从青年时代开始记日记，日记本虽有散佚，但也留下了整整四十本。《龚全珍日记选》选的是一九六六年十一月一日至二〇一三年六月一日近四十七年的日记，共十二万字。这些日记是龚全珍心血的结晶，是老人心路历程的真实记录，也是党的精神财富。

编者说："在整理、编选过程中，我们翻阅一本本日记，有如跟随记录者的脚步，倾听社会进步的足音，感受祖国发展强大的脉动；拜读一篇篇日记，一个可亲、可敬、可爱的龚全珍，栩栩如生地展现在我们面前。"

二〇一四年一月，江西教育出版社出版了《我和老伴甘祖昌》。这是龚全珍创作的第二本书。这位九十多岁的老人，终于梦想成真了。她在自序里写道："看到我自己的文字《我和老伴甘祖昌》变成了铅字书，我很高兴，也很愧疚。我的能力和水平有限，没有写好，怕对不起读者。但是，书里的每一个字，都是用心写出来的，每一件事，也是真实有据的。我只是做一个忠实的记录者，没有夸大其词，没有胡编乱造，而是实事求是反映我和老伴的人生历程，记录我和老伴走过的路，我和老伴认识的过程，以及老伴不平凡的一生。我想我做得还很不够，写老伴的地方，还不够生动，不够全面。希望读者批评指正。"

龚全珍永远是那么谦虚，那么质朴。

龚全珍还在阅读和写作。

龚全珍钟爱文学一生，在鲐背之年终于心想事成。"千淘万漉虽辛苦，吹尽狂沙始到金。"这是何等美好、圆满的人生故事啊！

感动中国的世纪老人

二〇一三年秋,江西省委号召全省广大党员干部向龚全珍老人学习,学习她一生坚持党全心全意为人民服务的宗旨,学习她本色不改、情怀不变的崇高品质。

很快,由《人民日报》、新华社、《解放军报》、《光明日报》、中央电视台、中央人民广播电台、《中国青年报》、《中国妇女报》等八家中央媒体和《江西日报》、江西广播电视台等省级媒体组成的新闻记者采访团,共五十一位记者,会聚到莲花县,对龚全珍的先进事迹进行了集中采访、报道。

一时间,无论走到哪里,都有人认出龚全珍,祝贺龚全珍。

龚全珍成了莲花县、萍乡市、江西省乃至全中国的大名人。就连几个女儿,有时也笑着喊她为明星妈妈。

这让朴素低调的老人很不习惯。她严肃地对几个女儿说道:"你们别忘了,你们的父亲生前就说过,生不扬名,死不立碑。我和他的个性是一样的。我们相濡以沫几十年,我们的人生观和价值观已经融为一体,须臾不分了!"

这位闻名全国的将军夫人,在日常生活中,依然那么平易近人,依然那么纯朴热忱。她常常约她的好朋友美惠去广场上散步。起初,美惠见了她,感到有些拘谨。虽然她们是几十年的老朋友,但是,面对名声赫赫的龚全珍,美惠竟变得手足无措了。

"美惠啊,就算有人不了解我,难道你还不了解你这个老姐姐?无论如何,我的本色是不会变的,我对你的情谊,对其他人的心意也是不会变的。我跟你们永远心心相印!"

龚全珍的一番话,说得美惠热泪盈眶。好姐

妹的情谊不禁又加深了几分。

二〇一三年九月二十六日,龚全珍被评为第四届全国道德模范——全国助人为乐模范,在北京受到习近平总书记亲切接见。见到近九十的龚全珍老人,习近平总书记饱含深情地说,我向大家介绍全国道德模范龚全珍同志,她是老将军甘祖昌同志的夫人。甘祖昌同志是江西老红军、新中国的开国将军,但他坚持回农村当农民,龚全珍同志也随甘祖昌同志一起回到农村艰苦奋斗。半个多世纪过去了,龚全珍同志始终保持艰苦奋斗精神,并当选了全国道德模范,我感到很欣慰。我向龚全珍同志致以崇高的敬意。我们要把艰苦奋斗精神一代一代传承下去。

习近平总书记亲切地称龚全珍为"老阿姨"。

二〇一四年二月十日,龚全珍荣获"感动中国二〇一三年度十大人物"光荣称号。

"感动中国"组委会给龚全珍老人写的颁奖词是这样的:少年时寻见光,青年时遇见爱,暮年到来的时候,你的心依然辽阔。一生追随革命、爱情和信仰，辗转于战场、田野、课堂。人民的敬意，是你一生最美的勋章。

颁奖词高度概括了龚全珍一生所走的道路、一生所立的功勋，写得充满诗意又简洁明了。

少年时，龚全珍为了求学，为了追寻革命理想，不惜冒着生命危险，奔波几千里，终于寻见自己的理想之光。青年时，她为了投身火热的革命洪流，为新中国的建设事业做出力所能及的贡献，毅然加入新疆建设兵团，成为八一子弟学校的老师，并与甘祖昌将军相遇、相识、相爱。中年时，为了追随丈夫回乡当农民、造福家乡的脚步，她不惜放弃城市的好学校、好生活，来到江西革命老区，做了一名普普通通的山村教师。从此，一颗心完全扑在莲花县的教育事业中，呕心沥血，兢兢业业，育得桃李满天下。退休后，她依然初心不改，把自己对老百姓的大爱，书写在一桩桩一件件的日常小事中，赢得了父老乡亲的无限爱戴。

龚全珍生于一九二三年，一生努力，倾其所有，为祖国默默奉献，这颗最质朴最低调的金子，终于在九十余岁高龄，闪烁出了夺目的光芒。

二〇一六年二月，在井冈山慎德书屋，习近平总书记再次与这位老阿姨亲切交谈。

再次听到习近平总书记称呼她"老阿姨"，龚全珍很感动。她说："三年前，我很荣幸地在北京受到总书记接见，他的一句'老阿姨'让我倍感亲切，就像是自己家里人一样；三年后，总书记冒着严寒来看望慰问老区人民，还一眼认出了我，让我非常感动。"

那时，全国各地都在宣传报道龚全珍的事迹，这让她感到很不自在，希望时间快点过去，还一再跟记者们说："其实我不过是一名普通教师、平平常常的老人。"

淡泊名利、一心为民的龚全珍，永远是那么谦逊！

在遗体捐献书上签字

二〇一三年,龚全珍已经九十岁了,还依然常常和她亲爱的日记本对话。

"近两天发现脚有点肿,不痛。想到自己九十岁了,超过我的父母和哥哥姐姐们。可能回归自然的日子已不远了。我已很知足了。此生惭愧的是党和国家、亲人对我的关爱,我回报得太少了。平日还感到自己尽力了,如今想想太少了,微不足道。我还做点什么呢?连几本杂志要捐,还要靠吉荣来帮我送去,我自己提不动,实在太力不从心了。"

"残荷,它虽失去春夏时的风采,却依然挺住,不怕秋风的袭击。它要把最美好的东西留给人们，当人们挖出一担担洁白的莲藕时，它才倒下。"

"岁月如水流，走呀，走呀。我曾走过荆棘丛生的荒郊，越过鸟语花香的田野，攀过悬崖陡壁，跃过一道道坎坷。未来还有多久呢？雪莱说得好：'过去属于死神，未来属于自己'。"随着年龄的增长，这个顽强的老人，开始思考死亡的问题，觉得自己回归自然的日子不远了。不过，她并没有过多的悲伤，她觉得自己还有未来。她想得最多的，依然还是如何回报社会，如何把最美好的东西留给后代。

其实，早在一九九九年十一月五日的日记里，她就为自己草拟了一份"遗嘱"。

街对面一位铁匠死了，天天奏哀乐，热闹非凡。听说至少要热闹一周，搅得四周不安宁。这种陋习应当废除。我要写下遗嘱，以防万一去见祖昌，后事有个交代。首先，还清欠公荣他们的5000元（两年伙食费）。其次，我是一个公民，一个共产党员，死后一切从简，不需任何仪式。死后火化，骨灰撒在玉壶山上，不要坟，不要碑，不必麻烦亲友吊唁。第三，我没有什么遗产。手头有2万元存款是为治病用的。如有余，留给后代作为他们读大专院校的补助，或捐献给县关工委资助优秀的贫困学生。

后来，她看到一篇报道，触动了她的心弦，她悄悄做了一个决定，去找了县红十字会。

一天，她的孙女红梅来看她。

红梅问她："奶奶，听说你上次去红十字会了，为了什么呀？是去检查身体吗？"

"不是啊，是为了打听遗体捐献的事，想和他们签订一个协议，奶奶死了以后准备捐献遗体。"

"啊，奶奶！"红梅大吃一惊，"您身体还健康得很，离死还很远呢！再说，您这一辈子对社会的贡献已经够大的啦，死后为什么还要捐献遗体啊？"

"人一闭眼，身体就作废了。为什么不能把自己身上有用的东西捐献给有需要的人呢？"龚全珍笑着开导孙女，"我可以捐献眼角膜，还可以捐肝。我的肝太好了，它对甲肝、乙肝都有抵抗力，这是世界上最好的肝了。"说着说着，龚全珍老人爽朗地笑了。

可是，子女和孙女都舍不得龚全珍做这样的决定。他们都认为她辛苦一生，也已经对家国竭尽全力，做出了常人很难企及的贡献，去世后，干吗还不给自己留个完整身体呢？

"这是我人生的最后一个愿望，也是我能够为社会所做的最后一件事了，希望你们理解啊！"龚全珍反复跟子女和孙辈们解释着最后的心愿。

二〇一五年三月十七日，龚全珍终于如愿以偿，在"遗体捐献志愿书"上欣然签下名字。

"全捐，只要有用的都捐！"龚全珍边在"遗体捐献志愿书"上签字，边朗声说道。

龚全珍的这一义举，在场的人无不为之动容。

很多人形容老师，都会引用李商隐的这句诗："春蚕到死丝方尽，蜡炬成灰泪始干。"龚全珍完全无愧于这样的评价。

"人道、博爱、奉献"，这是红十字会的精神，也是龚全珍的精神。这位可敬、可爱、可亲的老人,把自己的身体毫不保留地奉献给需要的人,奉献给我们的医疗事业,她的仁爱薪火,必将照亮更多后人的心灵。

美好家风代代传

二〇一七年十二月二十九日,还有两三天就要踏入十七岁门槛的贵州女孩张金凤不幸出了车祸,受伤严重。她在莲花县打工的母亲也受了伤,母女俩一起住进了莲花县人民医院。因为肇事司机驾驶车辆逃逸,家庭本就贫困的张家,很快就陷入了经济危机。

龚全珍的三女儿甘公荣得知此事后,马上赶到医院,去看望了小金凤,还给她带去了一万元的爱心救助金。这笔钱来自龚全珍爱心救助基金会。

龚全珍爱心救助基金会成立于二〇一三年。这一年,新疆军区给龚全珍送来了三万元奖金。

龚全珍觉得这笔巨款让她太为难了。一辈子节衣缩食、助人为乐的龚全珍，每当有人送她钱款，她都会转赠给需要的少年儿童或贫困户。但这次，新疆军区一下子给了她三万元，她想，怎么才能发挥这笔钱最大的用处呢？

考虑再三，龚全珍决定以这三万元为启动基金，成立一个爱心救助基金会。但是，她毕竟是年过九十的老人了，要成立爱心救助基金会，自己有心，却无力为之奔走了。

龚全珍便和三女儿商量："公荣啊，我想成立一个基金会，得辛苦你来张罗，你看行不行？"

"妈妈，行啊，这是好事，我支持。"

"真是辛苦你，现在，你已经帮我承担了大部分的公益事务。"

"这是应该的呀，妈妈。您以爸爸为榜样，我们以您为榜样。只愿我们的家风能一代一代地传下去。"

甘公荣是这么说的，也是这么做的。

其实，早在十多年前，甘公荣就加入母亲助

学济困的行列了。当时，莲花县湖上中学有位叫李剑平的初中生，父亲患癌症去世了，母亲又因严重的类风湿性关节炎一直瘫在床上。李剑平既要上学，还要经常请假回家照顾母亲，生活过得异常艰难。

本来，李剑平并没有向龚全珍求助。龚全珍在《萍乡日报》上看到李剑平需要帮助的消息后，就把报纸传给甘公荣看，甘公荣看后二话没说，就决定去湖上中学了解李剑平的情况。后来，她与李剑平结成了帮扶对子。在甘公荣的帮助下，湖上中学免除了李剑平的学杂费。甘公荣答应每月承担李剑平一百元的生活费，以及以后他读高中和大学的费用。

甘公荣与李剑平结对帮扶的第二年，李剑平的母亲因病去世了。李剑平一度陷入了悲痛绝望的深渊。当甘公荣接到李剑平打来的电话，得知他母亲去世的噩耗时，她正陪母亲去九江二姐仁荣家探亲，才刚到仁荣家。为了安慰李剑平，甘公荣决定马上返回莲花县。龚全珍也要跟着甘公荣回去。结果，害得仁荣好伤心，还以为自己哪里做得不好，惹妈妈和妹妹不高兴了。

当甘公荣跟二姐仁荣说明了事情的来龙去脉后，深知母亲和妹妹脾气的甘仁荣，只好匆匆送她们两人上了回莲花县的班车。李剑平见到即刻赶回的龚全珍和甘公荣，又是感动又是感伤，紧紧地抱住她们，忍不住大哭起来。

"不要哭，孩子。天塌下来有奶奶和阿姨替你顶着，你要化悲痛为力量，挺起胸膛，继续好好生活。"龚全珍轻轻抚摸着李剑平的头，安慰他。

甘公荣像一位亲人一样，拥抱他，安慰他。

此后，李剑平成了甘公荣时不时去探望的一个亲人。甘公荣资助他读完了初中、高中，又资助他读完了大专，直到李剑平被分配到公路部门工作，这才卸下肩上的担子。

此时，刚好龚全珍又要甘公荣协助成立爱心救助基金会，甘公荣便又开始忙碌了。

自二〇一三年至今，龚全珍爱心救助基金会共为需要帮助的人捐助九十多万元，还有两百多万元爱心款是在甘公荣的牵线下，由资助者直接交给受助者的。龚全珍每年都为该基金会捐款七千元,甘公荣则把自己的退休工资全投进了这个基金会,而且带动丈夫为这个基金会捐钱、跑腿,连儿子、儿媳也被她发动起来,一家人齐心协力,一起帮助需要帮助的人。

仅二〇一九年上半年,甘公荣就走访了二十四个贫困户,为六名特困生解决了上学问题。

龚全珍虽然每天待在家里,但她的心始终牵挂着爱心救助基金会的事。在日常生活中,她对甘公荣说得最多的话,便是催促甘公荣去看望这个困难户,走访那个困难户。已经九十六岁高龄的她,心里还是只有别人,唯独没有她自己。

除了爱心救助基金会,龚全珍和女儿甘公荣还成立了"龚全珍志愿者协会"。龚全珍志愿者协会自二〇一七年开始在莲花县搞支教活动,如今已设立了四个支教点、九个班,受益孩子达一千多人。

二〇一九年暑假,在龚全珍任教多年的坊楼

乡南陂小学，就有十三名大学生进行支教活动。

来自山东科技大学的学生刘燏和彭展都表示，他们是受到龚全珍奶奶的精神感召，才千里迢迢来到这里做支教老师的。

龚全珍造福桑梓、助人为乐的精神，退休后全心发挥余热的做法，一生坚守革命理想、用自己的行动诠释信念之力的行为，她和甘祖昌一起秉持的艰苦朴素、永葆本色、一心为民的家风，不仅传承给了儿孙们，也得到了社会上更多年轻人的认同、敬重和传承。

龚全珍用自己不平凡的一生，在当今社会，为世道人心，点燃了一盏信念的明灯！

老阿姨的眼睛

二〇一九年三月,体检时,龚全珍忍不住轻声跟医生说道:"我想看书。"

萍乡市人民医院首席眼科专家何建中给龚全珍的眼睛做检查,发现老人患有最重度的"5级核"白内障,双眼视力均不到0.1。

对此,一直负责龚全珍保健工作的医生歉疚不已。龚全珍的女儿甘公荣赶紧解释:"妈妈的眼睛看东西早就很不方便了,但她自己不说,也一直不让我们说,让我们不要给大家添麻烦。"

这就是龚全珍一向的做事风格。"我做得太有限!""不要麻烦组织!"这是她一直挂在嘴边的话。

可是，何建中和多位眼科专家经过多次会诊，决定给这位九十六岁高龄的老人施行白内障手术，但手术必须请全国最顶尖的眼科专家来做，这位眼科专家就是另一位全国道德模范——浙江大学医学院附属邵逸夫医院眼科主任姚玉峰。

二〇一九年四月三日，一封签章为"中共萍乡市委"的公函，发往了浙江省委宣传部文明办。

一周后，姚玉峰便赶到萍乡市人民医院龚全珍的病床前，紧紧地握住了龚全珍的手："请允许我也敬称您为老阿姨。我们这代人是读着甘将军和您的故事长大的。我要把我的敬意，通过这次手术传递给您。一定让您实现看书的愿望。"

"当不起！我真是当不起！"龚全珍谦虚地回答。

二〇一九年四月十三日九时四十分，老阿姨被推进了手术室，十时二十九分，姚玉峰医生宣布："好，手术成功了！"

在这不足一小时的时间内，唯有协助姚玉峰做手术的医护人员才知道，姚医生遇到了怎样高难度的挑战：手术开始时，老阿姨的血压从160毫米汞柱迅速上升到197毫米汞柱。如果血压再升高，手术必须取消。手术中，老阿姨原来已经很小的瞳孔，不断回缩，最后竟回缩到一毫米；手术中，高龄老人生理性的头部挪动，差点使眼睛超出显微镜范围；手术中，因为白内障核太硬，核碎块竟然把最先进的超声乳化仪管道堵住了。惊险的手术过程让全场医护人员多次屏住呼吸。

何建中叹息："会诊时预计的各种危险，都发生了。"

但这是一对特殊的医患。医生有世界级的水平，患者有老革命的意志。他们紧密配合，手术获得了成功。

自始至终，龚全珍的脸上一直挂着从容的微笑。

第二天，当医生给老阿姨揭开蒙在眼睛上的纱布时，龚全珍笑得更灿烂了："好亮啊！"她笑着嚷道。九十六岁的她，开心得像一个六岁的小女孩。

一辈子爱阅读的老人,终于又能看书了,老人家是多么开心啊!老人家住在三女儿甘公荣家里。此刻,窗外春光明媚,绿树葱茏,鸟儿歌唱,就连自然界的草木虫鸟,也似乎在为老人恢复视力感到无比欣喜。

她又能看清孩子们的脸啦!

她又能看清老伴的照片啦!

她又能看清离她家不远处的甘祖昌龚全珍事迹展览馆啦!

她又能看清身边那些与她生死相依、骨肉相连的父老乡亲啦!

她更开心的是,她又能读书写作了!读书,是陪伴了她一生的爱好;写作,是她老年生活中最大的追求。

手术成功后,她写下的第一个"作品",并不是她最喜欢写的回忆录,而是写给习近平总书记的报喜信。

二〇一九年四月二十日,龚全珍笑眯眯地给习近平总书记写了这样一封报喜信。

尊敬的习总书记,您好!我怀着无比激动和感恩的心情给您写信:在您,在江西省、浙江省、萍乡市各级组织的关爱下,著名的姚玉峰教授从杭州到萍乡市人民医院,为我成功实施了高难度的白内障手术。现在,我又看得见了,又能看书啦。

习总书记,我不过是一个普普通通的人民教师,只是做了点微不足道的工作,您和党中央这么关心我,您还称呼我"老阿姨",我真是担当不起啊!

总书记,您尊老爱幼,道德高尚。有您这样的好领导,是全中国人民的福气!我相信,您会带领我们,一步一步走向富强!

在这封信中,龚全珍除了向习近平总书记报喜,也表达了她内心对国家领导人的感激之情,对祖国未来的无限信心。

龚全珍和甘祖昌将军一生都在为祖国的自由独立、繁荣富强而努力奋斗。如今,看着我们的社会一天比一天进步,看着我们的祖国一天比一天强大，看着人民的生活一天比一天富裕，龚全珍怎能不开心?!

她，还要用她那双饱览祖国景色依然百看不厌的眼睛，把脚下的这片热土，深情地注视。只因为，她对这片土地爱得深沉，她对这片土地充满信心!

龚全珍眼前的路、心中的路还很长。

龚全珍留在身后的足迹，留在我们中华大地上的足迹，就像一盏不灭的灯火，将永远照耀着人们的心灵。